Alter ego

Cédric de Bragança

Alter ego

Roman

Une seule vie

Dépôt légal : Janvier 2022.
ISBN : 978-2-9580-3860-1

À Madeleine

Il est mort. Et comme prévu, personne n'en a rien à foutre. Non pas que cela le surprenne mais il aurait aimé avoir tort pour une fois. Il est mort comme il a vécu. Dans l'anonymat, l'indifférence presque. Une vie minuscule, sans fait de gloire, sans tache indélébile. Il a succombé à un cancer de la prostate : quel manque d'originalité ! Sa seule coquetterie aura été de le développer bien avant l'âge habituel. 49 ans. Il est mort et personne n'en a rien à foutre. Quelques mots de compassion à sa veuve sur les réseaux sociaux, rien dans les journaux, si peu dans les cœurs. Une vie sur terre qui s'achève, c'est banal, ça arrive tous les jours. Certains s'en vont, laissant un vide abyssal. Est-ce pour autant le gage d'une vie réussie ? Les larmes des vivants résonnent-elles ailleurs que dans la seule détresse de ceux qui restent ? Sa vie à lui ne sera pas racontée, sa mort ne sera pas regrettée. Ses poussières deviendront bien vite de la poussière.

Il est mort. Il est là, enfermé dans un cercueil de bois clair aux poignées dorées. Il est posé sur des tréteaux. C'est le début du printemps. Les brumes matinales commencent à se dissiper. Quelques faisceaux rasants traversent les feuilles déjà formées des marronniers et viennent parsemer les granits. Le cimetière de Clamart se parerait presque d'accents bucoliques si les tombes quasi abandonnées, malordonnées, ne donnaient au visiteur la triste impression de déambuler au cœur d'un lacis de vies oubliées.

Il est mort et peu de gens se sont déplacés pour un dernier hommage. Bien sûr, il y a Judith, sa femme. Les années n'ont jamais terni son incroyable beauté. Elles n'auront su qu'adoucir l'impatience de ses gestes, modérer le lyrisme de ses attitudes. Judith semble impassible. Seuls des clignements d'yeux trop souvent répétés témoignent d'une agitation intérieure. Peut-être même d'une tristesse. Juste à côté, les filles semblent ne faire qu'une, tellement leurs corps, tellement leurs mains se cherchent et ne se quittent pas. Une dizaine de quasi inconnus forment autour d'elles un groupe épars et distrait. La cérémonie sera courte. Aucun Dieu à invoquer. L'agonie n'a que trop duré. Il faut maintenant que tout cela cesse.

Roméo s'est posté en retrait, derrière un muret. Il assiste de loin aux funérailles. À ses funérailles. Quel étrange sentiment que de mourir en restant vivant. Dans la boîte, le corps doit déjà avoir commencé sa décomposition, les vers l'envahissent et s'attèlent à leur travail de digestion. Mais Roméo est bien vivant. Le jour où il s'est enfui, il s'était pourtant juré de ne jamais revenir en arrière. Et le voilà à regarder sa vie se terminer, sa femme se retenir de pleurer. À contempler son passé, à le trouver aussi peu enviable aujourd'hui que le présent de l'époque.

D'une voix digne, presque froide, Judith commence à lire un texte dont elle a mis la nuit à accoucher : « Le mot *Fin*, je l'ai toujours vécu comme un déchirement, une trahison. Enfant, chaque film que je finissais de regarder, chaque livre que je refermais me plongeait dans un abîme de tristesse. Tu as été celui qui m'a convaincue que ce mot n'existait pas. Toutes ces années, ta présence, ton amour, m'ont fait oublier qu'un jour comme aujourd'hui pourrait arriver. Il n'y a pas de mot pour la douleur. Pas de mot pour l'absence. Je ne sais pas si tu es ailleurs, si tu es soulagé. Plus de vingt ans à tes côtés… »

Judith fait une pause et ravale un sanglot. Les filles s'approchent d'elle et la serrent dans leurs bras. Quelques branches d'arbres ploient doucement sous l'effet d'une brise discrète, seul mouvement d'un cimetière parfaitement immobile. Judith reprend : « Plus de vingt ans à tes côtés, et je ne suis pas sûre d'avoir complètement compris qui tu étais mais c'est ça que j'aimais par-dessus tout chez toi. Cette capacité à me surprendre, tes idées toujours différentes voire farfelues. Ton rire, ton amour de la vie. Et puis aussi, parfois, cette mélancolie qui te saisissait et que j'ai tant bien que mal essayé d'atténuer. »

De sa cachette, Roméo n'entend pas tous les mots. Alors il préfère regarder sa femme. Il y a si longtemps qu'il ne l'a pas vue. Il l'avait oubliée sans l'oublier. Les gestes, les expressions, rien ne change finalement. Les mots qu'il devine l'émeuvent et l'agacent en même temps. Il écoute l'éloge funèbre d'un inconnu. De qui parle-t-elle ? Pourquoi raconter ces conneries ? Qui cherche-t-elle à convaincre ? Ils n'ont pas été heureux très longtemps. Oui, il y a eu les débuts merveilleux. Mais pas beaucoup plus.

Au loin, Judith conclut : « Voilà, c'est fini. Ta vie avec moi. Ta vie avec nous. C'est un déchirement et je ne peux m'empêcher d'y voir comme une trahison. Mais je ne t'en veux pas. Oh que non ! Tu t'es tellement battu. Si tu m'entends, là où tu es, sache que chaque seconde avec toi, méritait d'être vécue. »

Roméo sourit. Oui, il l'entend.

Les employés des pompes funèbres soulèvent le cercueil et le descendent maladroitement à l'aide de sangles dans un trou préalablement creusé. Juste à côté, une terre marronnasse, pyramide branlante et provisoire, attend de reprendre sa place. Judith saisit une des pivoines blanches posées sur un petit présentoir et la jette dans la fosse. L'avantage de mourir au printemps est que la plupart des espèces de fleurs sont disponibles et qu'il est donc facile de trouver celle qui correspond à la mythologie du défunt. Les pivoines blanches ont toujours été les fleurs préférées de Roméo. Merci Judith de t'en être souvenue.

Tour à tour, les membres de l'assemblée l'imitent. Aucun mot, aucune emphase, quelle importance ! Les fleurs coupées s'empilent. Les talons se tournent. En quelques minutes, la cérémonie est terminée.

Roméo reste caché tandis que l'assistance se disperse. Les filles doivent tenter quelques blagues, des rires nerveux résonnent au loin. Roméo regrette que Judith n'ait pas chanté leur chanson en guise d'au revoir, celle qu'elle avait composée pour lui à l'époque où ils s'aimaient tant.

Les employés des pompes funèbres ont curieusement disparu sans avoir pris le temps de reboucher le trou, il est midi, sans doute l'heure de leur pause-déjeuner. Roméo s'approche et jette un œil à son tombeau. Il s'imagine mort. Enfermé. Sans vie. Sans rien. Sans les marronniers. Sans la petite brise. Sans les rayons rasants du soleil. Alors, plutôt que de s'affoler, il se remémore la chanson de Judith :

Le temps qui passe ici est un joli temps qui passe
Il donne envie de s'arrêter, de libérer l'espace
Tu me l'avais pourtant dit, si souvent répété
Rien ne sert de courir ou bien de s'en aller
La vie n'a aucun sens, encore moins de but
Si les gens abdiquent ou continuent la lutte
L'important, c'est d'être au bon endroit
Au bon endroit
Avec toi

Roméo ne se souvient plus bien des autres couplets. Cela parlait, croit-il, de cœurs amoureux et de voyages immobiles. Judith la lui avait chantée pour la première fois, le soir de leurs noces de coton. Elle n'avait jamais réussi à la finir tant les larmes coulaient et les sanglots la secouaient. Lui pleurait aussi. Un moment hors du temps, l'un de ses plus beaux souvenirs. C'était il y a si longtemps. Bien avant qu'il ne parte et qu'il ne décide d'aller remplir sa vie ailleurs.

Quand tout a commencé, Roméo a cru devenir fou. Ce qui arrivait, atomisait toutes ses certitudes.

Plus rien n'avait de sens. Et plus les choses avançaient, plus il perdait pied. Les questions, toujours plus nombreuses, ne recevaient jamais aucune réponse. Tout s'embrouillait. Était-ce réel ? Était-il sujet à des hallucinations ? Était-ce un rêve et allait-il bientôt se réveiller ? À force de tourner en rond, il commença à perdre l'appétit, puis le sommeil. Pour éviter d'imploser, son cerveau lui commanda d'accepter. Accepter la situation. Accepter l'incroyable, l'extraordinaire. Accepter ce que l'Univers – il ne voyait pas d'autre mot – lui proposait.

Depuis, Roméo ne s'est plus jamais interrogé. Laissant de côté tourments et impuissance. Il a choisi de saisir les chances et les promesses qui s'offraient à lui. Et il a pris bien soin de ne jamais revenir en arrière. Avancer. Toujours avancer. Profiter. Ne pas se retourner. Puisqu'une intuition certaine lui garantissait que revenir, ou même regretter, foutrait une merde monumentale et qu'il en serait évidemment le grand perdant. Avancer. Oui, toujours avancer. Ne pas se retourner. Jusqu'à ce jour.

Roméo saisit une pelle posée contre un des arbres qui jouxtent la tombe. Il se met à combler la fosse. La terre maronnasse s'écrase en un bruit sourd lorsqu'elle heurte le bois du cercueil. Les pivoines blanches résistent un temps puis disparaissent. Roméo poursuit son effort en fredonnant la chanson de Judith. Il sent la transpiration envahir ses aisselles, le bas du dos, bientôt le torse. Il s'enterre lui-même. À grands coups de pelletées.

Le temps qui passe ici est un joli temps qui passe
Il donne envie de s'arrêter, de libérer l'espace
Tu me l'avais pourtant dit, si souvent répété
Rien ne sert de courir ou bien de s'en aller

L'effort violent pour éviter de penser. S'empêcher de se demander ce qu'il est venu faire ici. Pourquoi revenir ? Dans quel but ? Pourquoi replonger dans le passé ? Pourquoi mettre tout en péril ? Puisqu'inévitablement, les questions vont resurgir. L'inexplicable et les tourments aussi.

L'important, c'est d'être au bon endroit

Roméo s'arrête de chanter. Il jette la pelle au sol et tasse du pied la terre meuble. Des résidus argileux se sont déposés sur ses vêtements et se sont par endroits mélangés à la transpiration. Du dos de sa main, il s'essuie le front puis expire : la satisfaction du travail accompli. Des mésanges bleues virevoltent dans le ciel et semblent célébrer la période de reproduction qui s'annonce. Roméo oublie encore pendant quelques secondes que son retour dans sa vie d'avant le condamne à explorer la réalité. À questionner sa santé mentale. Ses choix. À remettre en question sa vie. Toutes ses vies.

Il ne l'a pas reconnue ; comment le pourrait-il, il ne regarde jamais la télé ? Encore moins les pubs. Mais Roméo n'est pas surpris d'apprendre que la fille qu'il ne quitte plus des yeux depuis le début de la soirée est comédienne, enfin qu'elle tourne dans des pubs pour des assurances ou des produits ménagers, tant elle irradie et transforme l'assistance, surtout lui, en spectateurs médusés et conquis, prêts à l'adorer pour le restant de leurs jours et bien sûr de leurs nuits. Roméo n'a jamais rencontré quelqu'un comme elle. Un Ange. Une tornade. D'une beauté incroyable. Des gestes aristocratiques, un rire tonitruant, des attaches délicates, une descente d'alcoolique, des seins adolescents, des yeux qui pétillent et des avis sur tout. Ce genre de personne n'existe pas au Mans, la ville sans âme qu'il a fuie pour monter à Paris et enfin commencer sa vie. Là-bas, tout est à 50 %. Moitié de bonheur. Moitié d'avenir. On économise, on gagne petit. Une vie en soldes : allez bonnes gens, tout doit disparaître ! Roméo n'y avait plus sa place. Il est arrivé ici sans appui ni connaissance mais avec l'énergie débordante de celui qui saura mettre le monde à ses pieds.

C'est elle qui lui ouvre la porte mais ne le calcule pas, occupée qu'elle est à chercher clopes et briquet dans le désordre des manteaux empilés sur le guéridon de l'entrée. C'est un anniversaire, ou peut-être une crémaillère. En tous cas, une soirée parisienne dans un appartement cossu du 10e arrondissement. Les propriétaires, deux jeunes pédés sympathiques, l'accueillent comme s'ils le connaissaient depuis toujours. Les embrassades, un peu trop appuyées, le mettent mal à l'aise. Mon Dieu, qu'il est coincé quand même ! Sûrement les relents de son éducation. Il faut qu'il arrête de singer ses parents. À 25 ans passés, il serait temps. Roméo lutte chaque jour pour ne plus éprouver cette bien-pensance petite-bourgeoise inscrite dans ses gènes, celle qui a peur de tout, des autres, de la différence, du changement. Pas si facile.

Quand il la voit, son premier réflexe, c'est le rejet. Elle est trop belle, trop vive, trop tout. Il ne se sent pas à la hauteur. Il essaye de détacher son regard mais ses yeux, aimantés, reviennent inlassablement se fixer sur elle. Roméo est fasciné. Un animal sauvage. Il la regarde glisser entre les gens. Elle rit, s'amuse. Ses mains touchent et caressent les bras, les visages, les culs. Sa beauté lui permet tout, qui donc aurait l'idée saugrenue de lui opposer une quelconque résistance ?

Roméo lui cherche des défauts, histoire de justifier par avance l'échec cuisant qu'il ne manquera pas d'essuyer si toutefois le courage lui venait. Mais évidemment, il ne lui en trouve aucun. Peut-être sa taille, un mètre soixante, sûrement moins, mais est-ce un défaut ? Dépité, il se sert une troisième vodka pomme, histoire de se donner un semblant de contenance.

Au fond du salon, un jeune rasé et tatoué jongle avec deux iPods pour éviter tout blanc entre les morceaux qui ruinerait, sans qu'elle ait même commencé, la carrière de DJ à laquelle il se destine. Gloria Gaynor et Diana Ross décrètent qu'il est temps d'arrêter de parler et leur disco syncopée entraîne les énergies sur la piste de danse. Roméo ne connaît personne. Il est arrivé là presque par hasard. Il vient d'emménager dans l'immeuble, un studio décati au 6e étage, et a répondu favorablement au mot affiché près des boîtes aux lettres. *Ce soir, il y aura sans doute un peu de bruit. Nous fêtons la vie. Plutôt que de râler, venez donc nous rejoindre. Christophe et Fabrice, 3e gauche.*

Roméo s'est planqué dans un coin. Contre le mur, à mi-chemin entre le buffet et la cheminée dont le manteau fait office de bar. Vue dégagée sur le salon. Il sait qu'il devrait aller danser. Au moins socialiser. Aller dire bonjour, se présenter. Mais il n'a jamais su faire ça. Pas plus qu'il ne sait draguer. Encore son éducation. Ou sa timidité. Roméo la regarde. Elle danse. Chacun de ses gestes l'émeut. Ils sont désordonnés, n'obéissent à aucune règle chorégraphique. Elle réinvente les entrechats, mélange break dance et paso doble. Parfois, elle sautille à contretemps, déploie ses bras tel un albatros qui peine à s'envoler, tournicote, manque de perdre l'équilibre puis explose de rire. À d'autres moment, elle semble habitée par une transe intérieure, le corps immobile, la tête qui dodeline, la musique comme seul compagnon d'un voyage initiatique. Que faire sinon ne rien faire ? Cette fille est le Kilimandjaro, l'Everest. Une ascension impossible, un objectif bien au-dessus de ses pauvres moyens. Et l'alcool que Roméo absorbe par petites gorgées régulières n'a malheureusement aucun effet désinhibiteur.

Roméo n'a jamais su draguer, ne l'a jamais fait d'ailleurs. Il ne comprend pas les kamikazes, ceux, tellement sûr d'eux, qui foncent tête baissée. Bien sûr, cela marche parfois, la fortune sourit aux audacieux, paraît-il. Mais l'idée de subir la plus infâme des humiliations, le râteau magistral, celui qui ramène aux blessures de l'enfance, l'a toujours empêché de tenter sa chance de la sorte. Pour conquérir, Roméo ne fait qu'attendre l'accumulation de signes évidents en provenance de sa cible pour se lancer. Stratégie intelligente puisque toujours gagnante mais relevant de la bravoure du bigorneau.

Alors que Roméo s'approche de la cheminée et s'empare de la bouteille de vodka, une voix masculine lui crie dans l'oreille quelque chose d'inaudible.

— Quoi ?

— Je disais : t'as des yeux de malades.

— Euh... Merci.

— On a dû te le dire souvent.

— Ben non, t'es le premier.

— Arrête, tu me fais marcher.

— Ben oui.

Roméo a des yeux qui surprennent. Au bleu transparent d'un husky sibérien. Un regard profond qui transperce, qui glace parfois. Depuis l'enfance, ses yeux le définissent. La première chose que les gens voient, la seule dont ils se souviennent. Ses yeux attirent et sont jalousés. Ils lui ont évidemment servi dans la vie. Mais plus pour se cacher que pour obtenir. L'azur inonde son visage et colore un masque naturel dont il n'a de cesse d'entretenir l'épaisseur.

Roméo, gêné, sourit à son interlocuteur. Il se fait visiblement entreprendre. C'est la première fois que cela lui arrive aussi ouvertement.

— T'es pédé ?

— Non. Toi, oui ?

— Ah dommage. Oui, moi, oui. Je me disais bien, vu que tu n'arrêtes pas de mater la seule fille de la soirée.

D'un rapide mouvement de tête, Roméo constate l'évidence. Que des mecs, une soirée gay. Ne pas l'avoir remarqué le rend peut-être moins réac qu'il ne le pensait. Ou était-il trop absorbé par l'objet de sa convoitise ?

— Elle est magnifique.

— Et surtout dispo.

— C'est vrai ?

— Oui, c'est le problème des filles qui traînent avec des homos, elle ne se font jamais draguer. Au fait, moi c'est Mickael.

— Roméo.

— Enchanté. Tu devrais aller danser, Roméo.

Roméo s'exécute, plus pour s'échapper qu'autre chose. Chic succède à Mary J. Blige. Ses premiers pas sont hésitants. Puis l'énergie communicative de ses voisins danseurs lui donne confiance. Il se laisse porter par les voix de Thelma Houston et de CeCe

Peniston et s'enhardit. La soirée bat son plein, les rythmes binaires assurent la communion, les corps qui s'agitent exhalent des parfums musqués. Sans vraiment le faire exprès, Roméo se retrouve au centre de la piste de danse. Juste à côté de lui, elle se tortille en se baissant jusqu'à se trouver accroupie puis fait le chemin inverse, les bras tendus au-dessus de la tête. Roméo est dans le contrôle. Il pense à chaque geste qu'il fait. Pourvu que ses déplacements ne soient pas ridicules. Il se force à ne pas la regarder. Ou seulement du coin de l'œil. Elle, lascive, se colle aux corps voisins, embrasse les bouches aussi, libérée de toute ambiguïté, de tout enjeu de séduction.

Puis elle est là. Face à lui. Un peu trop proche pour que ce soit fortuit. Elle danse et se rapproche. De près, elle est encore plus belle. Un visage rond, des taches de rousseurs qui parsèment un petit nez droit. Un long cou et des cheveux qui ondulent au rythme de ses mouvements de tête. Son corps vient frôler celui de Roméo. Il peut sentir le souffle de sa respiration sur son torse. Ensemble, ils ondoient jusqu'à ne faire qu'un. Roméo passe ses mains derrière son dos, il sent ses hanches imprimer un mouvement giratoire qui neutralise et prend le contrôle de ses propres gestes. Il penche la tête et la regarde. Elle le regarde aussi. Que se dit-elle ? N'est-ce qu'un jeu ? Le prend-elle pour un homo ? Roméo, lui, n'a jamais été aussi sérieux de toute sa vie. Comme si son avenir en dépendait. Enfin, il expérimente un de ces moments tant espérés. Quand le destin choisit de tout imprégner de solennité pour annoncer le grand chambardement. Quand il conspire et remplit les émotions de vibrations divines, de cette énergie circulaire qui n'apparaît qu'à la naissance d'un véritable amour.

Earth, Wind&Fire entonne leur *Boogie wonderland* quand Roméo approche ses lèvres et cherche à l'embrasser. Elle se laisse faire. Pas vraiment surprise. Puis, elle lui rend son baiser, langoureusement. Leurs corps s'arrêtent de bouger. Leurs mains s'agrippent. Leurs langues s'entremêlent. Les décharges électriques à l'intérieur des ventres se transforment en ridules de volupté à mesure qu'elles migrent vers les extrémités. Alors Roméo ferme les yeux et s'abandonne au transport. La salive les agglomère. Le temps s'interrompt, la musique s'efface. Le moment est d'une brutalité merveilleuse. Il se dit qu'il n'a jamais été aussi heureux de toute sa vie. Un coup de foudre comme au cinéma. Et l'incroyable évidence que cette femme qu'il tient dans ses bras, dont il ne connaît rien, même pas le prénom, que cette femme avec qui il n'a pas encore échangé le moindre mot, que cette femme est la femme de sa vie.

Dehors il fait nuit noire. La maison dort. Pour seul bruit, le ronronnement de la chaudière qui combat les premiers frimas de novembre. Bientôt, le réveil va sonner. Judith se lèvera et ira à tâtons faire chauffer de l'eau. Aucune journée ne peut décemment commencer avant qu'elle n'ait englouti ses deux tasses d'Earl Grey règlementaires. Puis elle ira cogner aux portes des filles. Et les sons habituels du matin envahiront la maisonnée. La radio, les pas dans l'escalier, la douche, les brosses à dents électriques, le micro-ondes. Cette journée sera semblable à celle de la veille, à celle du lendemain. Une vie bien huilée, répétitive où l'imprévu n'a pas sa place.

Roméo s'avance en silence vers l'armoire de la chambre. Il retient sa respiration pour éviter de faire le moindre bruit. Sous ses pieds, le parquet manque de craquer. Il ouvre un tiroir et glisse quelques tee-shirts et caleçons dans un petit sac de voyage en cuir. Il n'a pas besoin de grand-chose. Le dénuement lui semble approprié pour ce qu'il s'apprête à faire.

Roméo se retourne et se dirige, toujours à l'aveugle, vers la porte de la chambre. Il actionne la poignée qui émet un léger grincement métallique. L'aube qui s'annonce perce alors l'obscurité et lui autorise un dernier regard en direction du lit conjugal.

Roméo s'en va. Il ne sait pas vraiment où, mais il s'en va. Loin de cette maison au bonheur chiant. Loin de cette vie où tout va toujours bien. Loin de cette vie où rien ne va plus. Roméo ne supporte plus le quotidien, ces gestes mille fois répétés, cet ordinaire qui l'assèche. Il veut partir voir le monde. Sans contrainte, sans argent à gagner, sans petit-déj à préparer, sans poubelle à sortir. Il veut prendre le temps, marcher et se perdre. Ne pas avoir à partager ses émotions, ne plus avoir à jouer de rôle, arrêter de ressentir gêne et culpabilité. Faire face enfin à ses angoisses. Les transformer aussi. Profiter de l'instant frêle. Oui, car Roméo n'a plus de temps à perdre.

Dix ans de mariage. Il est loin le temps où l'amour irradiait les matins. Où les corps ne supportaient pas la séparation. Les petits riens enchanteurs. Les fous rires. Les discussions enflammées. Les coups de téléphone vingt fois par jour. Les rendez-vous dans les bars enfumés et le cœur qui bat. Le temps qui passe plaide évidemment coupable, mais aucun des deux n'a su lutter. Ils ont assisté, incrédules, à l'inexorable défaite. À la soif de la découverte du corps de l'autre s'est substituée, au fil des ans, la technique éprouvée des gestes qui apportent mécaniquement plaisir et satisfaction. Puis les gestes se sont faits plus rares. Les satisfactions se sont manifestées ailleurs. Et le désir s'en est allé.

Au début, faire l'amour fut leur principale occupation. Ils le faisaient tout le temps, partout. Leurs corps étaient un terrain inépuisable d'expérimentations. Les positions comme les scenarii surprenaient d'ingéniosité. Plus expérimentée, Judith l'initiait à des jeux érotiques auxquels Roméo participait avec curiosité et enthousiasme. Cette symbiose des corps, preuve s'il en fallait de l'incroyable connexion qui existe entre deux êtres, a longtemps camouflé les brèches qui n'ont cessé de se creuser au sein de leur couple.

L'éducation, le travail, la répartition des tâches, même la déco était devenue source de conflit. Ils n'étaient d'accord sur rien et les engueulades les éloignaient toujours un peu plus, quand bien même les retrouvailles sur l'oreiller semblaient attester du contraire. Si la vie sexuelle est un baromètre efficient de l'état d'une relation, alors Roméo déserte un désert.

À pas feutrés, il passe devant les chambres des filles. Du bout des doigts, il caresse le bois vernis des portes. Il ne leur a pas dit au revoir, ce n'est pas la peine. Il y a dix ans, il a remplacé leur père absent et pense avoir plutôt bien réussi sa mission. À l'époque, aimer Judith, l'épouser, c'était s'embarquer dans une aventure à quatre, vie de famille et responsabilités incluses. Roméo, fou d'amour, n'avait pas hésité une seule seconde.

Il descend l'escalier. L'aurore qui pointe au-dessus des arbres du jardin éclaire suffisamment le salon pour qu'il arrive à visualiser les obstacles et à se déplacer sans hésitation. Roméo s'avance vers le petit secrétaire près de la bibliothèque, l'ouvre et fouille jusqu'à trouver son passeport. Il regarde autour de lui. Son fauteuil club. La cheminée. La cuisine toute neuve. Rien qu'il ne regrettera. Dix ans qu'il s'apprête à effacer en un instant. Dès qu'il aura franchi le perron, à ce moment précis, il quittera définitivement cette vie et fera comme si tout cela n'avait jamais existé. Roméo n'est pas triste. Non, il savait que ce jour arriverait.

La lumière s'allume brusquement. Roméo sursaute. Laura, la plus jeune des filles, se tient en haut de l'escalier.

— Qu'est-ce-que tu fais dans le noir à cette heure ? Et puis habillé en plus ?

Roméo essaye de cacher son trouble.

— Et toi ? Il est beaucoup trop tôt pour se réveiller. À ton âge, t'as besoin de sommeil, retourne te coucher.

Laura est la plus jeune mais la plus délurée des filles. À 16 ans, sa vie amoureuse ressemble à une fête foraine. Intense mais qui lui occasionne de nombreux haut-le-cœur.

— J'ai rendez-vous avec Luka avant les cours, des trucs à régler, je te l'ai dit hier soir. Et faut que je me lave les cheveux, ils sont dégueulasses.

— Viens là.

Laura, dans son pyjama Winnie l'ourson trop petit et troué aux manches, descend les marches. Roméo la prend dans ses bras.

— Ben qu'est-ce que t'as ?

— Tu te souviens de notre discussion sur les relations amoureuses ?

— Putain, tu ne vas pas me refaire le plan sur les capotes à 5 h du mat ?

— Non, t'inquiète. Juste, tu te souviens quand tu nous avais demandé ce que c'était l'amour ?

Laura se détache de l'étreinte.

— Ça va, j'avais 8 ans. Tu sais, ça a changé depuis votre époque. C'est plus pareil maintenant. Ça existe plus des coups de foudre comme le vôtre.

Roméo sourit.

— Qu'est-ce qu'on t'avait répondu ?

— Je sais plus.

— Que l'amour, c'est quand on sourit quand on pense à la personne.

Roméo sent ses yeux s'embuer.

— Avec ta mère, on ne vous le dit peut-être pas assez souvent. Même quand vous nous faites bien chier, on sourit toujours quand on pense à vous.

Laura ne répond rien mais le message est passé. Elle remonte l'escalier et s'engouffre dans la salle de bain.

Roméo doit faire vite. Il hésite à prendre son blouson en cuir, sa seconde peau, celui qu'il ne quitte jamais. Il le regarde pendre sur le portemanteau et décide de l'abandonner à son triste sort. Un rapide et dernier tour d'horizon en guise d'adieu. Non, il n'oublie rien. Il est content d'avoir pu parler à Laura. Cela ne change rien mais certaines choses ont sans doute besoin d'être dites. Combien de morts, combien de départs n'ont pas été accompagnés des mots qu'ils méritaient ? Combien d'empêchés n'ont su dépasser leur pudeur débile et préféré sacrifier l'instant ultime ?

Roméo ouvre la porte d'entrée. Un vent froid s'engouffre dans la maison. Il inspire profondément.

La dernière fois qu'il sent cette odeur si particulière. Un mélange de propre, d'épices et de bois. L'odeur unique de la chaleur d'un foyer, d'une famille unie. Mais aussi l'odeur de l'ennui, d'un couple en déliquescence. L'odeur d'une prison dont les murs grandissent un peu plus chaque jour.

Romeo tire la porte qui se ferme en un claquement peu discret. Ça y est ! Il est libre. De faire ce qu'il veut. D'aller où bon lui semble. Sans personne pour l'empêcher ou le contraindre. Tout au long de son mariage, Roméo avait bien pris soin d'étouffer la petite voix qui lui susurrait qu'autre chose était possible. Une nouvelle vie. Ailleurs. Autrement. Que celle-ci n'était qu'une étape. Qu'il aurait encore tout le temps de recommencer. Alors Roméo se met à courir. Plus pour éprouver sa liberté recouvrée que pour fuir un quelconque danger. Il accélère jusqu'à en perdre haleine, son sac qui bringuebale sur son épaule. Il dépasse la cité des Fleurs, traverse la rue des Acacias et manque de trébucher devant la boulangerie qui exhale ses viennoiseries en préparation. Roméo court comme si sa vie en dépendait et remercie secrètement sa petite voix d'avoir persisté. Mais son manque de condition physique a rapidement raison de l'impétueuse cavalcade. Un poing de côté lui cisaille l'abdomen et l'oblige à s'arrêter. Il se plie en deux et tente de recouvrer son souffle. Un rire nerveux s'empare de lui. En contrebas, les lumières de la ville s'éteignent. La vie et son brouhaha reprennent leurs droits. Alors Roméo se redresse et ouvre la bouche. Un son rauque en jaillit, né du cœur de ses entrailles. Un rugissement interminable au vibrato pénible qui manque de le faire vomir. En un cri, Roméo évacue ses années de captivité.

Roméo renaît et n'en éprouve aucune culpabilité. Il sait, qu'à continuer, il se serait perdu et aurait entraîné tous ceux qu'il aime dans sa chute. Car oui, il aime ceux qu'il abandonne. L'égoïste n'aurait pensé qu'à son bonheur. Lui, a la certitude que rien ne changera dans la vie de ses femmes. Peut-être même en sortiront-elles gagnantes. Roméo visualise un autre à sa place. Dans le lit avec Judith. À table en famille. Saura-t-il prendre soin des fleurs du jardin ? Réussira-t-il à réparer la fuite de la véranda ? Trouvera-t-il les mots qui consolent quand Laura rentrera une nouvelle fois ravagée par un amour impossible ?

Roméo cligne des yeux pour chasser de son esprit ces pensées désagréables. Il a toujours détesté cette croyance populaire qui affirme que choisir, c'est renoncer. Mais aujourd'hui, il en accepte l'augure. Il renonce et s'en va puisque sa vie en dépend. Il ne se retournera pas.

— Va-t'en !

— Pardon ?

— Va-t'en, il est à moi.

— Mais de quoi vous parlez ?

— Le mort. Il est à moi.

Roméo se retourne et dévisage l'homme. Un mètre quatre-vingt. La trentaine, des cheveux gras qui lui pendouillent dans le dos, mal retenus par un élastique de fortune. Le visage pataud. De petites lunettes ovales. Une chemise informe qui échoue à dissimuler un surpoids manifeste.

— J'étais là le premier. Il est à moi.

Roméo est assis depuis plus d'une heure sur un banc du cimetière. Il n'avait pas imaginé que la cérémonie serait aussi rapide et n'a pas encore décidé quoi faire du reste de sa journée.

— Je ne comprends pas.

— Je t'ai vu arriver et traîner autour de mon mort. Tu ne peux pas te pointer comme ça et piquer le mort des autres. Ça ne se fait pas. Et puis, tu n'as aucun respect. L'enterrer, c'est le boulot des fossoyeurs. Nous, on n'est pas censé intervenir.

Roméo grimace pour afficher son incompréhension.

— Tu n'es pas un parleur ?

— Non, c'est quoi ?

— Ah, désolé alors. Je t'ai pris pour un de ceux du Père-Lachaise qui viennent dans les cimetières de banlieues parce qu'ils n'ont pas assez d'activité chez eux.

— Vous voulez bien m'expliquez ?

Grim, c'est comme ça qu'il se fait appeler, lui détaille alors ce qu'il considère comme sa mission sur terre.

— Nous, on parle aux morts. Une fois qu'ils sont enterrés et que leur famille est partie, c'est le pire moment pour eux. Ils sont seuls, abandonnés. Enfermés sous terre. Ils sont terrifiés. Leur âme n'a pas encore commencé à migrer. Alors ils ont besoin de réconfort. Et nous les parleurs, on est là pour ça.

— Jamais entendu parler.

— C'est normal, on est discret. Et puis, tout ce qu'il y a autour de la mort, ça fait peur. Les gens ne veulent pas savoir. À Clamart, je suis le seul. C'est mon cimetière. C'est pour ça, quand je t'ai vu te cacher et attendre la fin de la cérémonie pour te montrer, j'ai flippé.

Grim travaille comme employé dans une entreprise d'assainissement des eaux usées et passe la majeure partie de son temps libre à guetter sur Internet les avis de décès des environs. Il collecte alors le maximum d'informations sur la personne disparue et cherche dans les détails de sa vie ce qui lui servira de sujet de conversation.

— Les bonnes semaines, j'arrive à en faire quatre. En ce moment c'est plutôt calme. Tu connaissais le défunt ?

— Oui, on peut dire ça.

— Viens, si ça t'intéresse, je vais te montrer. Faut pas traîner, la fenêtre pour un dialogue funéraire est assez courte.

Roméo, intrigué se lève et lui emboîte le pas. Grim s'arrête devant la tombe et sort plusieurs feuilles pliées en quatre de la poche arrière de son jean. Il a fait ses recherches. L'état civil, le parcours professionnel, la situation familiale, rien ne manque. Il y a même une photo, postée par les filles sur Facebook, quelques semaines avant le décès. Le parleur prend sa respiration et se lance : « Voilà, je m'appelle Grim. Je suis là pour vous accompagner et vous soutenir dans l'épreuve que vous traversez. Je sais que ce n'est pas facile alors je vais vous parler pour que vous vous sentiez moins seul. Je vois sur votre fiche que vous aimiez jardiner. Moi je n'ai pas de jardin, seulement un petit balcon mais j'y fais pousser des aromatiques… »

Grim improvise. Il parle engrais, arrosage mais aussi météo, grève des transports, série télévisée. Puis il enchaine sur les animaux domestiques et sa phobie des araignées. Son ton est enjoué, sa logorrhée ininterrompue. Mais lorsqu'il aborde des questions métaphysiques, sa voix se fait plus grave : « D'un point de vue temporel, vous savez que vous n'êtes sans doute pas mort ? Je m'explique. Il y a moins d'un siècle, quelqu'un qui faisait un arrêt cardiaque était mort au moment même de son arrêt cardiaque.

Aujourd'hui on sait le réanimer, de longues minutes même après l'infarctus. Le moment précis de la mort ne cesse de reculer. Alors imaginez dans cent ans, vous seriez sans doute vivant en ce moment même. Que se passe-t-il durant toutes ces minutes gagnées par la vie sur la mort ? Personne n'en sait rien. Pas plus qu'on ne sait où vous êtes actuellement. Ce que vous endurez. Mais j'espère que ma voix vous guide et vous rassure. »

Roméo se moque intérieurement. Le mec est sacrément siphonné mais il ne fait de mal à personne. Alors que le parleur continue ses discours sur l'âme et la matière, Roméo lui prend des mains les feuilles dont il ne se sert plus et fixe la photo qui y est imprimée. Évidemment, c'est lui. Sa tête, sa bouche, son nez. Lui en plus vieux. Lui en malade. Mais c'est bien lui. Enfin l'Autre.

L'Autre, c'est celui qui est définitivement mort, n'en déplaise à Grim. Celui qui pourrit dans le cercueil, là, sous leurs pieds. Cancer de la prostate. Agonie dans la souffrance mais plutôt rapide. Sur la photo, l'Autre est ridé, l'air anxieux. Amaigri et dégarni. Certes, ils se ressemblent toujours, le bleu des yeux évidemment, mais dix ans d'une vie en tous points distincte ont réussi à en faire des êtres absolument différents.

Roméo n'a aucune empathie pour l'Autre. Un clone, un double, un duplicata. Quel mot pour le définir ? Il ne le connaît pas et sa mort lui est insignifiante. Avec lui, c'est surtout sa vie d'avant qui disparaît. Mais que ça lui semble loin ! Grim continue son soliloque, scepticisme, théorie du complot, crypto anarchie, tout y passe. Roméo salue la performance. Il y a de la beauté dans cette inanité.

Lui, continue de fixer la photo de l'Autre. Il examine les ridules, les cernes. Les sourcils épars et les cheveux blanchis. La transparence de la peau. L'image qu'il reçoit est celle de sa future décrépitude et réveille instantanément des angoisses insurmontables sur le temps qui passe.

Grim a terminé.

— T'as quelque chose à lui dire ? C'est le moment.

Roméo hésite. Il pourrait remercier l'Autre de s'être occupé de Judith et des filles pendant ces dix années. Ou de lui avoir permis ce nouveau départ. Mais aucun mot ne lui vient, alors se contente-t-il d'un mouvement de tête et d'un sourire en coin pour rejeter la proposition.

— Tu me prends pour un taré, n'est-ce pas ?

— Je ne sais pas trop quoi penser en fait.

— Tu sais, si t'enlèves tous les trucs débiles des religions, alors il ne reste pas grand-chose à quoi se raccrocher. La vie comme la mort, c'est un continuum d'absurdités. Rien n'est logique. Rien n'a de sens. Alors chacun fait sa petite tambouille. Moi, je crois que rien ne s'arrête, que les énergies mutent.

— En fait, vous êtes croyant.

— Ouais. Un croyant un peu spé mais on peut sans doute dire ça. Pas toi ?

— Non, moi la mort me terrifie. Je crois que tout s'arrête. Ne plus exister un jour est la pire chose qui soit.

Grim se met à rire bruyamment et manque même de s'étrangler tellement il trouve ça drôle.

— Oh putain ! Tu ne dois pas être très heureux dans la vie avec des idées comme ça. Allez viens, je t'offre un verre, ça va te changer les idées.

La recherche d'un bar se révèle plus compliquée que prévu. Il leur faut près d'une demi-heure de marche avant de finalement s'asseoir en terrasse sur la place de la mairie. Pendant le trajet, Grim raconte comment et pourquoi il est devenu parleur. Ses mots transpirent la détresse et l'extrême solitude. Roméo se dit qu'en dialoguant avec les morts, Grim a trouvé le parfait subterfuge pour supporter son isolement.

— Le défunt, c'est quelqu'un de ta famille ?

— Pas vraiment.

— C'est marrant, j'aurais parié. Il y a comme une ressemblance avec la photo.

— En fait, j'ai connu sa femme, avant. Et les filles.

— Ah tout s'explique. T'es son ex. C'est pour ça que tu te cachais.

— Oui, en quelque sorte.

— Il n'était pas très aimé, je trouve.

— Pourquoi vous dites ça ?

— La cérémonie. J'en vois pleins. Celle-ci, il n'y avait pas de tristesse. Que des cœurs secs. C'est dans ces cas-là que je suis vraiment utile.

Grim commande une pinte de bière, alors que Roméo se contente d'un café. Il est bientôt midi. La place se remplit d'individus pressés en quête de leur déjeuner.

— Tu sais dans quoi j'ai commencé quand j'étais plus jeune ? Les pompes funèbres. C'est marrant, non ? Ça payait bien mais j'ai dû arrêter à cause de ma surcharge pondérale, je ne peux pas rester debout trop longtemps.

Roméo n'avait pas remarqué à quel point Grim est handicapé par son poids, mais les 135 kilos qu'il avoue le placent inévitablement dans la catégorie des obèses.

— Je peux vous poser une question ?

— Vas-y !

— Vous pensez qu'on peut être vivant et mort à la fois ?

— Ah ben, c'est sûr. La physique quantique l'a prouvé. Tu connais le chat de Schrödinger, non ?

Oui, Roméo connaît. Le paradoxe de ce physicien autrichien qui démontre qu'un chat enfermé dans une boîte en présence d'un mécanisme mortel est à la fois mort et vivant, tant qu'on n'ouvre pas la boîte.

— Ça, c'est de la théorie. Je veux dire dans la vraie vie ?

— Pour moi, c'est sûr que oui. Aujourd'hui, on ne connaît rien à rien. Ni à l'infiniment petit. Encore moins à l'infiniment grand. Il y a encore tellement de découvertes à faire. Enfin, si on ne bousille pas tout avant. Et ça, crois-moi, on en est bien capable.

Roméo décide de prendre congés. Grim s'excuse d'avoir autant parlé de lui et promet s'intéresser de plus à Roméo la prochaine fois. Les deux hommes échangent leurs coordonnées.

— Tu viendras chez moi, je te montrerai comment je mine du bitcoin, ajoute le parleur.

Roméo s'éloigne. Il a gardé la feuille avec la photo de l'Autre. Il la déplie et la scrute de nouveau tout en marchant. Qui était-il ? Qu'ont-ils en commun ?

Leurs destins sont-ils liés ? La maladie et la mort de l'Autre annoncent-t-elles sa propre disparition ? La nébuleuse des questions sans réponse a ressurgi en un instant, quand l'enfouir lui avait réclamé tant de temps et d'énergie. Mais si tout est lié. Si la mort et la vie se frottent. Si l'infiniment petit et l'infiniment grand composent. Si le temps, la nature, le cosmos défient l'immuable. Alors revenir ici n'est certainement pas le fruit du hasard.

Elles habitent toujours la même maison. Sa maison. Enfin son ancienne. Une meulière sans charme au 56 rue de la Vallée-du-Bois. En dix ans, une véranda lui a poussé sur le devant et a transformé le jardin de façade en un espace qui ne sert plus qu'à entreposer les vélos et le bois pour l'hiver. La rue, en sens unique, est l'une de ces artères sans vie de banlieue pavillonnaire dont les trottoirs ne sont foulés que par les enfants qui partent et reviennent de l'école, dont la chaussée ne voit passer, les jours de semaine, que quelques voitures, toujours les mêmes, toujours aux mêmes horaires. Roméo a eu du mal à se trouver un point d'observation. Mais en escaladant le garage du voisin d'en face, en rampant sur les plaques ondulées en fibrociment qui lui servent de toit puis en s'accroupissant derrière un conduit de cheminée en brique, il s'octroie une vue plongeante sur le cadre et le contenu de son ancienne vie.

Roméo s'est mis à les espionner, Judith et les filles. Il y a un chien maintenant aussi. Un bâtard cyclothymique aux oreilles tombantes, qui alterne des phases d'hyperactivité démolisseuse et de ronflette sur le canapé du salon. De son perchoir, Roméo voit sans être vu. Il arrive en fin d'après-midi et reste aussi immobile que possible jusqu'à l'extinction des feux vers 23 h. Le spectacle n'est pas palpitant mais Roméo a appris, au cours de ses voyages, à ne plus craindre ni le vide, ni le silence. Régulièrement, il effectue des petits moulinets avec ses mains et ses pieds pour contenir les ankyloses. Aujourd'hui, il n'a heureusement pas oublié d'apporter de quoi manger. Les fois dernières, voir ses anciennes femmes préparer le dîner et se mettre à table lui avait occasionné fringale et gargouillements intestinaux. De son sac à dos, il sort un sandwich rillettes-cornichons, entorse rarissime au régime végan qu'il suit scrupuleusement. Mais depuis son retour en France, le souvenir des enchantements gustatifs de son enfance a de temps à autre raison de ses convictions.

La déco a changé. Judith, sans doute en est-elle l'instigatrice, a opté pour un intérieur blanc et crème aux influences africaines. Une cuisine ouverte, des meubles chinés dans des brocantes, des tableaux modernes au mur. Dans un coin, un grand totem au visage hilare semble veiller sur la maison. Ici ou là, des sculptures colorées et des vases en céramiques finissent de donner à l'ensemble un caractère bourgeois et chaleureux.

Leur vie semble pourtant la même que celle qu'il a quittée. Calme et ordonnée. Les scènes du film muet qu'il observe chaque jour depuis une semaine se répètent inlassablement. Les filles qui rentrent. Anaïs qui monte dans sa chambre. Laura qui se fait à goûter et reste pendue à son portable. Puis Judith qui se gare et décharge les courses pour le repas du soir. Caresse au chien. Verre de vin blanc. Le dîner toujours à la même heure, quelques discussions, quelques sourires, puis débarrassage, écrans divers et extinction des feux. À demain.

Dans cet ordonnancement, aucune trace de l'Autre. De sa présence. Ou plutôt de son absence. À les regarder exister, Roméo constate la fragilité des permanences.

Sous ses yeux, le remplaçable, le périssable agit. L'humain s'accommode et cicatrise de tout, c'est dans sa nature. Et la disparition d'un être, aussi triste et cruelle soit-elle, n'est finalement qu'une péripétie dans la vie qui continue.

Roméo ne s'en attriste pas, c'est dans la logique des choses. Et puis comment pourrait-il leur reprocher d'arriver à faire sans l'Autre, sans lui, alors que, ces dix dernières années, lui a si bien réussi à faire sans elles ?

La nuit est tombée. Dans la rue, un réverbère clignote. Roméo se redresse et s'étire. La soirée ne lui a rien appris de nouveau, mais les épier le fait se sentir moins seul. Puisque réintégrer sa vie n'est pas une option, l'effleurer de la sorte le remplit d'une inattendue nostalgie.

Demain, Roméo a prévu de filer Judith. Toute la journée. Voir ce qu'elle fait, qui elle rencontre. Sur Internet, il a appris qu'elle était désormais à la tête d'une petite agence immobilière dans le 15e arrondissement de Paris. Il n'y aura donc eu ni tournage ni vie de bohème. Ni Phèdre ni Lady Macbeth. Finis les rêves d'Hollywood et de tapis rouges à Cannes. Judith a dû faire le choix de la raison et du confort matériel. Un renoncement que Roméo, de sa cachette, croit déceler sur son visage. Derrière sa beauté sans égal semble poindre parfois la lassitude des ambitions.

Le lendemain, lorsque Roméo arrive rue de Vaugirard, la ville embaume le parfum de l'insouciance. Les touristes flânent, les terrasses des cafés débordent de rires et de bavardages. Les jours qui s'allongent bonifient les humeurs et dénudent les jambes des filles. Paris ne mérite jamais autant qu'au printemps son titre de plus belle ville du monde. Il s'immobilise devant l'agence. Une façade gris anthracite pour le sérieux, des écrans dans la vitrine qui enchaînent les photos des biens en vente pour la modernité. Judith est au téléphone et pianote sur son ordinateur. Lui, fait mine de s'intéresser aux annonces. En transparence, planqué derrière la baie vitrée, Roméo la regarde travailler. Sa beauté, celle qui avait trop vite arrêté de le surprendre à l'époque, lui saute à nouveau aux yeux. Ses traits, ses gestes, quelle délicatesse ! Les lunettes qu'elle met sur son nez dès qu'elle a besoin de lire sont le seul signe tangible de son vieillissement. Certes, elle ne dégage plus l'impatiente fièvre de la jeunesse, mais le temps a façonné sur son visage une douceur nouvelle qui s'y substitue avec bonheur.

Pourtant, Roméo ne ressent rien. Il s'était préparé à la possibilité d'un retour de flamme. Peut-être même l'espérait-il. Comme si la pureté des sentiments initiaux pouvait renaître de ses cendres et dissoudre d'un coup des années de frugalité amoureuse. Mais non, rien. Sauf cette agréable émotion d'un Ulysse qui aperçoit les rives d'Ithaque. La chaleur d'un foyer, même par procuration.

Judith est la dernière femme à qui il a dit *je t'aime*. Sans doute la dernière qu'il a véritablement aimée aussi. C'était il y a si longtemps, et les souvenirs de ce bonheur non dilué ont fini par disparaître, remplacés par les effets de l'amertume et de la désaffection.

Leur couple s'est lentement disloqué, miné par quelques tromperies de part et d'autre, mais a fini d'imploser lorsqu'ils ont perdu l'enfant qu'ils croyaient attendre. Roméo se souvient de la joie morcelée qui l'avait étreint quand Judith était sortie de la salle de bain avec le test de grossesse positif. Un de ces moments ou l'émotion trop forte empêche de vivre pleinement l'instant. Comme si les synapses, surchargées d'impulsions électriques, faisaient disjoncter l'encéphale. Il se rappelle les nuits blanches à se questionner sur la paternité. Tous les livres sur la grossesse achetés à la *Fnac*. Et ces regards échangés, ces mains entremêlées qui, autour d'une nouvelle vie, redonnaient une chance à l'amour. Il se souvient surtout du marasme dans lequel la première visite chez le gynécologue les avait plongés. L'œuf clair diagnostiqué à deux mois et demi de grossesse détruisait l'espoir d'une résurrection et condamnait Judith à un curetage sous anesthésie générale.

La porte de l'agence s'ouvre et Judith s'en échappe d'un pas décidé et remonte la rue en direction du métro aérien. Roméo se tourne pour éviter de croiser son regard, la laisse prendre de l'avance puis se met à la suivre. Les semelles en bois de ses sandales à hauts talons résonnent à chaque pas et donnent aux hommes qui la croisent une bonne raison de se retourner. Étonnamment, Roméo en éprouve une certaine fierté.

Judith rejoint un couple de quarantenaires devant le 61 boulevard Pasteur, un immeuble cossu en pierre de taille et les salue d'une poignée de main énergique. Roméo s'approche suffisamment pour entendre la conversation. Judith vante le prestige de l'adresse, la rénovation récente des parties communes ainsi que la double orientation du bien. Judith joue son rôle à la perfection, elle sait mettre ses clients à l'aise et ne devrait pas avoir trop de mal à conclure l'affaire. Alors qu'elle fouille dans son sac pour retrouver les clés, Roméo s'approche encore un peu et la dépasse. Il aurait pu la toucher, presque sentir son odeur. Il recouvre certains détails oubliés, la texture rocailleuse de la voix, la manucure toujours impeccable, le doré du noisette de ses yeux, cette manie de jouer avec ses bagues, le petit rire qui tinte à la fin de ses phrases. Oui, il aurait pu avoir un enfant avec cette femme. Oui, il en a eu envie. Mélanger ses gênes. Une moitié d'elle, une moitié de lui. Ses yeux bleus auraient sans doute disparu dans l'affaire mais quelle importance. À bien y réfléchir, tout aurait été sans doute si différent s'ils avaient su créer leur propre famille. Bien sûr, il y avait les filles, mais ce n'est pas comparable, le sang enfante des liens bien plus définitifs. De ceux qui font rester.

Lorsque l'Autre est apparu, l'échec de la grossesse révélait la fin d'une histoire et anéantissait les derniers espoirs. Ils ne faisaient plus l'amour, se parlaient à peine. Judith, après l'avortement, s'était murée dans un mutisme poli mais persistant.

Alors quand l'Univers – il ne voit pas d'autre mot – s'est manifesté en mettant l'Autre à sa place, il a sauté sur l'occasion. De fuir ce quotidien sans avenir. De tout recommencer à zéro. Vibrer. Se sentir vivant. Et puis la configuration était une sacrée aubaine. L'Autre à sa place, c'était la solution idéale. Partir sans rendre les gens malheureux. Partir tout en restant. Le courage sans la culpabilité. La lâcheté sans les remords.

Quand il est parti, Roméo n'avait qu'une idée en tête. Voyager. Bouger. Respirer. Ouvrir les yeux. Surtout ne pas mourir. Comme si l'accumulation de toutes les immobilités de sa vie d'avant s'était transformée en une gigantesque soif de découverte. Il a d'abord parcouru le monde pour voir de ses propres yeux les merveilles que les marchands de rêves ne cessent de vendre aux masses moutonnières et à leurs cinq semaines de congés payés. Le grand Canyon, le Machu Picchu, le Taj Mahal, Pompéi, la grande muraille de Chine. Il a fait la queue, visité, s'est émerveillé. Il a suivi les guides, goûté les plats et s'est régulièrement fait arnaquer par des autochtones en quête du pigeon idéal. Roméo avait besoin d'accumuler les destinations, de collectionner les souvenirs. Remplir la vie jusqu'à la faire déborder. Une thérapie par le mouvement, qui sur le moment, a rempli son office mais lui a progressivement distillé une amertume en arrière-goût. Plus il voyageait, moins la liberté revendiquée était au rendez-vous.

Plus il découvrait, moins il se sentait en phase avec lui-même.

Roméo s'arrêta de courir. Il se mit à haïr l'industrie du voyage qui formate l'ailleurs en un produit de consommation comme un autre. Il revendit appareil photo et valise à roulettes. Il accepta l'idée de s'être fourvoyé et décida de recommencer l'aventure à zéro.

Roméo comprit qu'à vouloir tout contrôler, on ne profite de rien. Qu'il fallait prendre le risque de ne pas savoir où ses pas le mèneraient. La vie et ses fulgurances n'apparaissent jamais sur les chemins déjà tracés, pavés d'objectifs et de calendriers. Il lui fallait se défaire des horloges, des GPS, de toutes les servilités. Afin de se perdre puisque là naît la poésie.

Roméo se mit à marcher. Sans vraiment penser. Juste marcher. Un pas puis un autre. Sans but. Sans direction. Délesté du monde et de ses tracas. Affranchi des réflexes d'accumulation. Un pas, une respiration, un battement de cœur. À l'unisson. Le voyage se fit plus humble. Il se mit à croire à l'inutile. Aux appels d'airs. Il oublia les cases à cocher. Il choisit l'étonnement plutôt que la rentabilité. Les paysages défilaient, les saisons se remplaçaient, il s'extrayait des futilités du monde, en refusait les jeux et les interactions. Ses jambes le portaient, son imagination aussi. Il devint vagabond. Au sens littéral. Errer à sa fantaisie, refuser les itinéraires. Basculer dans l'inconnu. Roméo comprit que le voyage était un privilège. Qu'il permet de toucher le vrai mais surtout de retrouver le soi. Alors que ses pas le portaient d'un chemin à l'autre, c'est l'intérieur de lui-même que Roméo se mit à explorer.

Sur son visage, un masque vint se figer. Les émotions disparurent aussi de ses gestes, de ses mots. Une protection nécessaire pour laisser libre cours au foisonnement intérieur. Si les gens savaient ! La froideur de son apparence, accentuée par l'acier de son regard, n'était qu'un leurre destiné à préserver l'espace nécessaire à la rêverie, aux idées farfelues, aux pensées subversives.

Et c'est ainsi que Roméo entreprit ses plus beaux voyages. Dans la solitude. Sans interférence. Sans contact physique. Puisque ces émotions-là ne se partagent pas. Et que l'on ne saigne que peu lorsqu'on se coupe des autres.

Roméo s'éloigna des villes, de ces endroits où les instincts grégaires aiment à s'agglutiner. Il partit à la recherche du merveilleux, laissant derrière l'excitation nerveuse des premiers périples, découvrant l'euphorie tranquille du temps qui ne se décompte plus. Jamais il ne regretta d'être parti. Jamais il n'aurait assez de cette vie pour s'amuser à remplir le vide qu'il se découvrait à l'intérieur.

Roméo parcourut le monde. Au rythme lent des battements de son âme. N'hésitant pas à revenir sur ses pas, à tourner en rond. Il choisit d'explorer des endroits reculés. Là où la nature impose sa loi. Où l'homme redevient minuscule. Avec l'anxiété de la nuit, la surveillance du feu, la rareté des ressources. Ses voyages étaient-ils réels ou seulement le fruit de son imagination ? Même lui, aujourd'hui, ne sait plus faire la différence. Qu'importe ! Il migra avec les gnous du Serengeti, il manqua de tomber du sentier impraticable du Mont Huashan. Il grelotta à Oïmiakon, la ville la plus froide de la planète et nagea avec les *Turritopsis dohrnii*, les méduses immortelles. Au cours de ses périples, il se perdit à la frontière de la Bolivie et du Brésil et fit la rencontre la plus marquante de cette existence. Ici vit l'homme le plus seul au monde au cœur de la forêt amazonienne, au milieu des insectes, des singes-araignées et des cochons sauvages, sans aucun contact humain depuis 40 ans. Il est le dernier survivant d'une tribu isolée qui a été massacrée au siècle dernier par des appétits sanguinaires, avides de récupérer quelques acres de jungle. Roméo était parti à sa recherche, non pour le rencontrer, mais pour en honorer la condition. Vivre seul, sans les autres. Se retrouver animal, apprivoiser le danger, survivre. Sans avenir autre que le présent. Sans amour certes, mais sans mensonge.

Un matin de pluie, l'homme le plus seul au monde se tenait là. Torse nu, son arc en bandoulière. À peine séparés par les branchages d'une végétation tentaculaire, ils se regardèrent. Longtemps. La pluie leur lavait le visage mais aucun des deux ne bougeait. Aucune animosité. Aucune empathie non plus. Roméo décida de rompre l'ataraxie et lui fit un signe de la main. L'homme ne réagit pas. Aucun mouvement, rien. Mais de ce regard naquit un dialogue silencieux dont Roméo se souvient du moindre mot.

— Que fais-tu là ?

— Je suis venu pour toi.

— Non, ce n'est pas vrai.

— Tu as raison, je suis venu pour moi.

— Je n'ai rien pour toi, rentre chez toi.

— Puis-je te poser une question avant de partir ?

— Une seule.
— À quoi penses-tu ?
— Je ne pense pas, j'invente.

La pluie s'était arrêtée et la canopée gouttait sur la terre brune. L'homme le plus seul au monde disparut, laissant Roméo avec cette étrange épiphanie. Il comprit de cet instant que l'intelligence humaine n'a qu'un seul but, non pas le progrès mais l'imagination. Son désir de voyage trouvait enfin sa justification, et ses pensées, en désordre, s'assemblèrent comme par magie. Il réalisa que son retrait du monde n'était en rien dicté par la suffisance égoïste du misanthrope mais par l'absolue nécessité du vide pour arriver à créer.

L'errance prit tout son sens. Roméo avait besoin de marcher pour inventer. Le balancement régulier de ses pas faisait naître et ordonnançait ses idées. Un mouvement latéral, semblable à celui des autistes en quête de concentration, ou peut-être l'écho d'un ping-pong entre les deux hémisphères de son cerveau. Roméo flânait lors de l'élaboration des idées, accélérait le pas lorsqu'elles s'associaient et se retrouvait presqu'à courir quand, dans sa tête, tout se combinait à merveille jusqu'à déboucher sur un concept révolutionnaire ou une machine abracadabrante. Il inventa des instruments qui ne servent à rien, une religion sans dieu, un langage du regard, nomma des couleurs jusqu'ici inconnues. Ses créations n'étaient pas faites pour exister dans le monde réel mais suffisaient à enchanter le sien. Les grottes de Waitomo en Nouvelle Zélande et ses vers luisants lui inspirèrent un dispositif lumineux intracorporel. C'est en épousant les bourrasques, debout en équilibre, les bras écartés, sur la langue de Trolltunga, rocher suspendu à 700 mètres au-dessus du sol en Norvège, qu'il eut l'idée d'un aéronef autonome mi-mécanique, mi-animal. Un tapis volant digne des Mille et Une Nuits, piloté par les seuls éléments.

Alors qu'il s'était volontairement coupé du monde, fuyant le brouhaha d'une société qui ne l'intéressait pas, au fur et à mesure de ses pérégrinations, Roméo se découvrit une conscience sociale. Depuis l'enfance, il n'avait jamais entendu que les mots crise, chômage, déficit. À force, il avait fini par s'en foutre royalement. Durant sa vie avec Judith, il n'écoutait déjà plus le monde que d'une oreille distraite et votait selon les injonctions des communicants, s'intéressant plus au confort des siens qu'aux préoccupations de la communauté des hommes. C'est en se retrouvant seul, sur les routes, qu'il s'autorisa une pensée politique. Étonnamment. Comme si l'éloignement des intérêts particuliers et des propagandes était la condition sine qua non d'une réflexion éclairée. Comme si l'isolement engendrait chez l'être humain, le besoin de se raccrocher au groupe. En réaction spontanée. Dans sa tête, Roméo créa des mondes utopiques sans pouvoir, sans argent. Il autorisa aux classes dirigeantes, sous condition, la manipulation hormonale, réduisant drastiquement testostérone, œstrogènes et adrénaline, responsables de la compétition, des servitudes et des guerres. Roméo interdit tour à tour les échanges, les monnaies, Internet. Il décréta aussi l'égalité des espèces et la fin du temps qui passe. Il célébra la mort du travail et fit de la marche à pied une obligation non dérogatoire. Toutes ses créations étaient étranges voire loufoques. Irréalistes à l'évidence. Mais chacune supprimait le caractère prédateur du capitalisme, Roméo refusant systématiquement toute organisation hantée par la rentabilité et la soumission, lui préférant le partage des richesses et des savoirs.

Il en était là de son voyage et de ses imaginations lorsqu'il apprit la mort de l'Autre. Il avait fait plusieurs fois le tour du monde, atelier de réparation devenu bien étroit. Il avait exploré toutes les issues de secours, supprimé les mots, fait l'éloge du rêve. Avait expérimenté le courage, le vrai, celui face à soi, sans le regard des autres. Il s'était interrogé, critiqué, remis en question. Alors peut-être était-il temps de rentrer. De retrouver les vivants. Et de leur offrir sa grande découverte. Son chef-d'œuvre. L'invention qui sauvera la planète.

La cocotte-minute. Roméo avait ainsi appelé son idée de centrifugeuse géante capable de faire tourner si vite un objet introduit en son antre qu'il subirait une pression bien supérieure à la gravité et serait alors éjecté à une vitesse supersonique vers l'espace. Un accélérateur de masse couplé à un lanceur cinétique, une catapulte spatiale en quelque sorte. L'idée, c'était de purger une humanité qui n'en finit plus de sprinter à sa perte, en envoyant très loin toutes les saletés qui s'accumulent sur terre et garantissent une probable disparition à ses habitants. Elle lui était venue au cours d'une longue expédition sur les traces de Gabriel Bonvalot, explorateur oublié qui avait rallié, à la fin du XIXe siècle, Paris au Tonkin, en passant par le Tibet, un périple de 6 000 km en terre encore inconnue.

Grâce à sa cocotte-minute, Roméo entendait expédier les déchets nucléaires, les plastiques, tout ce qui pollue, hors de l'atmosphère terrestre, le temps que des solutions écologiques réelles soient mises en place et prennent le contrepied des délires suicidaires de l'ère post-industrielle. Si son engin était techniquement réalisable, Roméo butait sur deux problèmes majeurs. D'abord, pour des raisons physiques, l'autocuiseur n'arriverait pas à envoyer suffisamment loin les déchets pour empêcher qu'ils ne gravitent autour de la terre, ou même qu'ils n'y retombent un jour. Ensuite, il ne pourrait projeter que des objets matériels et n'avait donc aucune utilité contre les gaz à effet de serre, la principale menace pour la planète. Roméo imagina toute sortes de procédés afin de rendre solide ces satanés gaz mais après de longues marches autour des lacs blancs de l'Altyn-tagh à chercher des solutions, il admit son échec et rangea sa cocotte-minute sur l'étagère des miracles en attente.

Alors qu'il traversait les herbages de Kardun au milieu des yacks sauvages, Roméo s'amusa à concevoir une nouvelle machine inutile, une turbine à nombres premiers, basée sur l'intelligence ô combien énigmatique du blob, organisme unicellulaire dépourvu de cerveau. Puis il s'aventura en lisière du désert du Taklamakan en écoutant l'intégrale de Dead Can Dance avant d'atteindre par une route poussiéreuse la petite ville ouïghoure de Ruoqiang. C'est là, aux confins de la Haute-Asie, en direction du Tibet, gravissant le col de Karamiran, une passe mystérieuse que seuls quelques rares intrépides ont atteinte, que la solution s'imposa à lui. Roméo grelottait dans son bivouac de fortune. Le silence d'une nuit claire et glaciale n'était rompu que par les battements de son cœur, accompagnant l'énergie chaude du sang jusqu'à ses extrémités. Des martèlements sourds et réguliers qui n'arrivaient cependant pas à réguler le flot ininterrompu des pensées qui traversaient son esprit. Parfois, comme ce soir-là, son encéphale se mettait en pilotage automatique, devenant quasi autonome. Roméo savait qu'il ne servait à rien d'essayer d'en endiguer le flux. Juste attendre la fin de la profusion. Des chocs, des entrelacs. Qu'il n'y ait plus assez de carburant. Puis classer, jeter, oublier ce qui est inutile. Et consigner les trouvailles, les folies. Tous les appétits.

Ce soir-là, les étoiles semblaient des milliers de cristaux aux éclats presque bleus, la lune posait sur la nuit son halo protecteur. Roméo s'endormit le sourire aux lèvres. Épuisé par le chaos de son activité psychique. Pestant encore un peu contre son équipement bien trop léger pour la température ambiante. Mais heureux d'avoir enfin trouvé le remède pour sauver la planète.

L'idée restait la même. Il fallait se débarrasser de tout ce qui pollue le globe et dérègle son climat. Offrir à l'humanité une chance de recommencer à zéro, de ne pas répéter les mêmes erreurs. Supprimer les toxicités. Nettoyer, désinfecter. Arrêter d'enfouir, d'empoisonner. Assainir les terres. Filtrer les mers. Dégager le CO2, les CFC, les pesticides, les déchets radioactifs. Et les envoyer loin, très loin. Au-delà du système solaire, dans le vide intersidéral. S'offrir des milliers voire des millions d'années de répit avant de se poser la question de la pollution du cosmos, avant que les *Aliens* ne viennent demander des comptes. Bien sûr, il faudra veiller à ce que l'homme se découvre vertueux, qu'il n'utilise pas sa découverte pour se dégager de ses responsabilités et continue sans vergogne son œuvre exterminatrice. Et ce sera sans doute le plus difficile. Comment forcer un fumeur à arrêter de fumer si l'on a trouvé le remède au cancer ? Mais la solution de Roméo redonne une chance à l'avenir et c'est le plus important. Ré-enchanter le monde. Faire triompher les tenants de l'imagination face aux incrédules. Donner aux enfants la chance d'arriver sur cette terre au début d'une histoire qui reste à écrire.

Avec la cocotte-minute, Roméo n'avait envisagé l'univers que sous son aspect mécanique. Le monde selon Newton où tout obéit aux lois physiques de façon très concrète. Pour arriver à sa nouvelle solution, il avait dû se défaire de ses réflexes cartésiens et s'inventer une autre réalité, non plus basée sur une nature matérielle mais sur celle d'une conscience, qui mettrait, en quelque sorte, la matière et l'esprit au même niveau. Il avait dû plonger dans le monde de l'abstraction. Accepter de tenir pour réels les concepts de téléportation quantique, d'aspiration céleste. Et de les combiner aux effets théoriques de l'absorption des trous noirs afin d'envisager les futurs transferts de matière et d'énergie nécessaires à sa découverte. C'est en regardant le vent tout emporter sur son passage sur les rives du lac salé Ayakum que Roméo lui avait trouvé son nom : le grand Aspirateur.

Il s'agirait de former un réseau de tuyaux connectés entre eux à la surface de la terre, sur le modèle des tubes pneumatiques, qui déboucheraient sur une immense et unique conduite verticale. Une manche à air gigantesque, qui traverserait l'atmosphère jusqu'à franchir l'exobase et pénétrer le vide astral, par laquelle transiteraient toutes les substances nocives, aspirées dans l'espace par la force des trous noirs en formation. 700 km d'un boyau en kevlar ou toute autre matière souple et indestructible qui en ferait la plus grande construction jamais réalisée par l'homme après la grande muraille de Chine. Au bout du tuyau, la téléportation quantique, aujourd'hui toujours en phase expérimentale, expédierait instantanément gaz et déchets dans une autre zone de l'univers. Ce n'est finalement pas si compliqué de sauver le monde.

Bien sûr, Roméo savait qu'il ne s'agissait encore que de science-fiction. Qu'il manquait quelques découvertes scientifiques d'importance pour que le grand Aspirateur devienne réalité. Mais les ingénieurs sont là pour ça. Le génie humain est capable de tout, il suffit de lui indiquer la direction. Tel un Léonard de Vinci perclus d'intuitions quasi mystiques, Roméo, un soir de pleine lune, transi de froid à la frontière du Tibet, venait de tracer la voie.

Au fur et à mesure de sa descente en direction de Lhassa, l'euphorie de la découverte se mua d'abord en perplexité puis en une appréhension presqu'angoissante. Une impression de vide intérieur s'empara de Roméo, comme si les évènements singuliers de sa vie, de ses vies, n'avaient eu pour unique objectif que d'en arriver là. Toutes ces errances, toute cette solitude pour réussir à imaginer l'impossible. Était-ce cela que donner un sens à son existence ? Jusqu'à présent, ses pérégrinations n'avaient engendré que curiosités et questions. Plus ses pas le portaient vers des contrées inconnues, plus ses certitudes s'effaçaient. Alors qu'ailleurs, les humains se vautrent dans les croyances et les dogmes, se rassurant de concepts stupides érigés en vérités, lui s'était dépouillé des évidences, ne tenant plus rien pour certain, sauf peut-être le jour, la nuit, les cycles de la nature.

Alors qu'allait-il en faire, maintenant, de son grand Aspirateur ? Roméo n'avait aucune envie d'abandonner cette vie. Il était bien trop tôt, il n'avait pas eu le temps d'en faire le tour mais il avait désormais une réponse à délivrer. Révolutionnaire. Absolument crédible. Viable à moyen terme. Alors il ralentit le pas, s'enivra des paysages immobiles et retarda son retour au monde. Face à lui, les étendues arides des hauts plateaux d'un Tibet vide d'êtres humains. Un ciel aux superpositions cendrées et les soupirs du silence. Roméo se figea, s'interdit de respirer. La splendeur doit se rapprocher de ça. Quand quelque part, le temps fait semblant de s'arrêter.

Demain, on le traitera de menteur, de mégalo, d'hurluberlu. On dira son projet naïf, pas réaliste, trop cher. Les ricaneurs s'allieront aux méprisants. Tous ces prophètes du *Ça ne marchera jamais* batailleront avant de finir par se rallier. Ce n'est qu'une question de temps, alors inutile de trop s'inquiéter.

À la croisée d'un sentier, un *lhapsa*, monticule traditionnel orné de drapeaux de prière multicolores, annonçait la capitale et la fin de la route. Après des semaines de randonnée, Roméo était arrivé. Lhassa. Ses palais, ses temples. Ses processions de moines. Et son aura spirituelle. Roméo avait l'impression qu'un voyage initiatique s'achevait. Qu'il avait trouvé bien plus qu'il n'était venu chercher. Et pour l'une des premières fois de ses vies, il se sentait en harmonie.

Roméo se surprit à rire de lui-même, utilisant des mots intérieurs semblables à ceux des adeptes occidentaux du développement personnel, ce simulacre égotique de pratiques et de pensées. Roméo marchait dans les rues. Il se réhabituait à la présence humaine. Il se réchauffait aux rayons du soleil couchant et aux sourires qu'il croisait. Son esprit vagabondait encore. Il pensait à sa découverte et s'interrogeait sur le sens du mot *utopie*. Puisque tout a échoué, les religions, les systèmes économiques, les organisations sociales, le grand Aspirateur pourrait-il être plus qu'un antidote écologique et annoncer le début d'une nouvelle ère pour l'homme ? D'autres avant lui en avait fait des banderoles, l'imagination au pouvoir.

— Je te préviens, je pète. Souvent et ça fait du bruit. Mais, ne t'inquiète pas, je suis un esthète. Mes pets sont sonores mais ne sentent pas.

C'est la première chose que Grim dit à Roméo quand celui-ci passe la porte du petit deux-pièces du plateau de Vanves que l'obèse partage avec une montagne d'ordinateurs en réseau qui moulinent 24 h sur 24. La deuxième, c'est qu'il est un fan absolu de musique classique. Mozart, Chopin, Brahms, son tiercé dans l'ordre, et qu'aucune musique de dégénéré n'est tolérée ici. La troisième, c'est que Roméo est le bienvenu et qu'il peut rester le temps qu'il veut.

Roméo a rapidement repris contact par téléphone avec le parleur. Sans point de chute, sans connaissance, il avait besoin d'un coup de main. Grim n'a pas hésité une seconde et lui a proposé le canapé de son salon. La décoration de l'appartement est réduite à son minimum. Un convertible Ikéa, une table de jardin rectangulaire, deux chaises pliables en bois vernis. Au sol, dans un coin, une chaine hifi et des enceintes surdimensionnées. Rien aux murs sauf une affiche d'*Apocalypse Now* dans la chambre à coucher.

— Je ne pensais pas qu'on se reverrait un jour. La plupart des gens n'aiment pas ma compagnie. Au début je pensais que c'était à cause de mon poids. Maintenant je crois que c'est juste à cause de moi.

Tout droit sorti des entrailles du mastodonte, une flatuosité à la tonalité hésitante, plutôt dans les graves, et au vibrato rauque vient ponctuer sa phrase. Roméo ne peut empêcher un mouvement de surprise.

— Je ne le fais pas en public, tu sais. Comme tout le monde, je me retiens. Mais ce n'est pas bon de se retenir. Tu sais que c'est comme ça qu'on attrape la diverticulose ?

Roméo esquisse une moue interrogative.

— Ce sont des petites hernies qui poussent sur la paroi du côlon et ça fait un mal de chien. Ça peut parfois dégénérer jusqu'à l'hémorragie digestive. Je te jure, ce n'est pas des conneries. Alors si toi aussi tu veux en lâcher quelques-uns, sens-toi à l'aise.

Grim part alors dans un exposé documenté sur les flatulences. Leur composition chimique, le volume de gaz produit par jour et par individu, les aliments qu'il vaut mieux éviter. Sur le sujet, Wikipédia peut aller se rhabiller. Roméo écoute en hochant la tête puis en souriant. Il l'aime bien ce Grim mais ne serait tout de même pas opposé à changer de sujet de conversation.

Grim ouvre la porte de la salle d'eau. Une pièce étriquée et jaunâtre, aux relents d'humidité. Il sort une serviette propre d'un placard, la tend à Roméo et explique que le pommeau de douche est capricieux, qu'il vaut mieux ne pas le sortir de son support, sinon il se met à fuir dans tous les sens. La visite de l'appartement se termine dans la cuisine. Un lavabo, un frigo, un micro-onde. Rien d'autre. Sauf deux grands sacs poubelles à même le sol qui attendent d'être descendus.

— Je ne fais jamais la cuisine. Je ne mange que des pizzas. Alors pas besoin de vaisselle, ni de couvert. Tu aimes la pizza ?

— Qui n'aime pas la pizza ?

— C'est vrai, je suis con.

— Juste, je ne mange pas de viande.

— Ça, ce n'est pas un problème. Ce qui en serait un, c'est que tu sois anti-ananas. Ici, c'est un appart où on milite pour le droit des pizzas à revêtir de l'ananas. Et il n'y a aucune négociation possible.

Roméo rigole, remercie. Il promet que son séjour sera provisoire.

Les jours passent, ils ne se voient pas beaucoup. Roméo est déjà parti espionner Judith et les filles quand Grim revient du travail. Pour expliquer ses absences nocturnes, il a inventé une histoire, savant mélange de vérité, son ancienne femme, son ancienne vie, et de fiction, une paternité hypothétique. Grim n'a pas posé de question. Tant mieux, Roméo n'a jamais excellé dans l'art du mensonge. Il pense qu'un jour, il pourra tout lui raconter. Judith, l'Autre, le grand Aspirateur. Grim est suffisamment barré pour croire ce qu'aucun autre humain normalement constitué ne pourrait jamais.

Le soir, autour de minuit, quand il rentre de sa planque, les membres perclus par les heures immobiles, Roméo fait bien attention à ne faire aucun bruit.

Ne surtout pas déranger l'appartement profondément endormi, bercé par le ronronnement des ordinateurs, discrètement éclairé des ombres portées des diodes multicolores qui s'échappent de leurs entrailles. Le matin, Mozart, son *Concerto n° 23* et une succession de pets stridents le réveilleront à 6 h 30 précises.

Le parleur adore la cohabitation avec Roméo. Enfin quelqu'un de bien vivant à qui causer, et il en a des choses à dire. Le bitcoin, la blockchain, le nihilisme, les banques, la révolution 2.0. Roméo est l'hôte parfait. Il écoute de bonne grâce, donne des conseils pour ses interventions auprès des morts, sait désormais différencier Mozart et Haydn et s'habitue tant bien que mal à la pizza hawaïenne.

Ses journées, Roméo les passe le plus souvent à filer Judith ou les filles. Avec le temps, il s'enhardit et se rapproche. Il ne se cache plus derrière ses lunettes de soleil. Dans le bus, dans le métro, il se tient à proximité immédiate, les mouvements des transports lui autorisant parfois un contact physique. À la terrasse des cafés, il s'installe à la table d'à côté pour capter des bribes de conversation. Dans la rue, il devance plus qu'il n'épie, croise leur chemin à défaut de leur regard. À les voir vivre sans lui, sans l'Autre, il éprouve un sentiment d'abandon. C'est nouveau. Parfois, il aimerait qu'elles le regardent, qu'elles le reconnaissent, qu'elles soient troublées. Mais depuis la mort de l'Autre, elles ont repris le cours de leur vie. Anaïs, sagement à la fac. Laura avec ses histoires d'amour impossibles. Judith en bourreau de travail.

Roméo était une ombre, il est devenu silhouette mais ça ne le fait pas plus exister. Il n'avait pas imaginé que cela le ferait souffrir. Une boule au ventre qui ne le quitte pas. Un mélange de fierté bafouée et d'amour interdit. Car oui, l'amour est toujours là. Il a toujours été là. Roméo s'en rend compte aujourd'hui. Un amour dilué, imperceptible. Écrasé par la concurrence des émotions instantanées. Évincé par le manque de manque. Sacrifié sur l'autel du temps qui reste. Un amour familial, amputé du désir. Un amour socle qui aurait dû autoriser les allers mais aussi les retours. Un amour qui devrait lui commander d'en accepter la perte. Puisqu'il le sait bien, Roméo n'a plus sa place ici.

Et puis, il y a ce qu'il a jusqu'ici refusé de voir. Judith, qui d'habitude, ne supporte pas l'inactivité, se perd régulièrement dans ses pensées. Elle sourit à son portable quand elle reçoit ou écrit des messages, rougit pour un rien, chantonne, se maquille trois fois par jour. Les traits de son visage révèlent les joies et les incertitudes d'un début. Roméo doit se rendre à l'évidence, Judith est amoureuse et ce n'est ni de lui, ni de l'Autre. Roméo ne voit plus que ça désormais. Quand il l'épie, il reconnaît en elle ce bouillonnement intérieur si proche de la magie de leurs débuts à eux. Elle rayonne. Il en est jaloux. Du vide que cela augure. D'être remplacé par un autre que l'Autre. De ne pas avoir le choix que de céder sans lutter leur place à un étranger.

Une rue en pente du 9e arrondissement. Un bar à vin branché un soir de semaine. Ni le brouhaha ni la cohue ne semblent les distraire. Ils se regardent, ils s'embrassent. Judith est magnifique. Son amant la fait rire. Leurs mains se cherchent puis s'agrippent.

Ils s'embrassent à nouveau. Roméo, accoudé au bar, ne peut détacher son regard. Il ne comprend pas sa confusion, ni sa colère. Il a mal. L'impression de se faire salement piétiner le cœur. Pourquoi est-il venu assister à ça ? Lui qui ne se défait jamais du masque extérieur ne peut empêcher l'émotion de le fissurer. Devant lui, Judith et son bonheur, l'affreux spectacle de la mort. La mort de l'amour. La mort définitive de l'Autre. Le vin aidant, Roméo s'apitoie sur son propre sort. Et la tristesse est infinie.

À son retour à l'appartement, Grim est plongé dans ses ordinateurs. Un reste de pizza traîne sur la table et la grande bouteille de Gini achetée la veille est déjà vide. Le *Stabat Mater* de Pergolèse résonne et emplit l'espace d'une solennité de circonstance. Grim lève la tête.

— Quelqu'un est mort ?

Roméo fait signe que non.

— Tu me racontes ?

Alors, sans se faire prier, Roméo raconte. Le bar dans le rue en pente. L'amant. Les baisers. La jalousie. La colère. Il n'a sans doute pas autant parlé depuis des années. Les mots sortent d'eux-mêmes. Ça fait un bien fou. Pouvoir dire les choses, se confier à quelqu'un. Bien sûr, il fait attention, il ne peut pas tout raconter, pas encore. Roméo marque une pause. Et sans qu'il ne comprenne pourquoi, les larmes remplacent les mots. Elles lui grimpent aux yeux puis débordent. Elles inondent son visage. Mais non, Roméo ne pleure pas, il ne sanglote pas, il s'agit de bien autre chose. Il évacue des années d'empêchements, des années hors de la compagnie des hommes.

Il dissout la masse vide de ses émotions. Autour, les voix des solistes s'élèvent, si pures, et accompagnent la purge d'une étrange religiosité. Grim ne dit rien, se retient sans doute de péter. Puis il se lève, difficilement, s'approche de Roméo et le prend dans ses bras. Des semaines de cohabitation, et c'est là leur premier contact physique. Le corps de Grim est étrange, ferme et flasque en même temps. L'étreinte dure une éternité. Le temps pour Roméo de penser à la mascarade de l'existence, au renversement des émotions et à la destruction créatrice. Quand ils se détachent l'un de l'autre, les larmes ont séché, le *Stabat Mater* s'est tu. Roméo est un peu gêné. Grim se saisit du reste de pizza et l'engloutit. La bouche encore pleine, il lance :

— Tu me racontes maintenant qui c'est qui est enterré à ta place ?

Ce que le visiteur remarque en premier, ce sont toutes ces nuances de vert. Le vert est partout, du plus profond, près des sous-bois, au plus perçant, là où le soleil se mélange aux herbes nouvelles et refuse son rôle hydratant à la rosée du matin. Le vert remplit l'espace, il est rondeur, volutes, symétries. Il résonne des oiseaux qui nichent et du vent qui serpente. Les allées de terre brune, qui en circonscrivent les tons, suivent un plan anarchique, comme s'il fallait obligatoirement se perdre pour saisir la délicate harmonie des lieux. Grim vient chaque dimanche s'y promener puisque c'est son endroit préféré sur cette terre. 32 hectares, 14 190 sépultures référencées, le cimetière du Parc accueille, depuis les années cinquante, les dépouilles des habitants de plusieurs communes des Hauts-de-Seine. Ce n'est pas un cimetière comme les autres mais une sorte de jardin à l'anglaise où l'inhumation paysagère s'effectue sur une surface en herbe, où les corps sont ensevelis en pleine-terre, sans caveau. Seules les plaques de marbre ou de granit, encastrées dans le gazon, gravées des noms et des dates de naissance et de mort des défunts, rappellent la destination du lieu. Le week-end, il n'y a jamais personne. Grim ne comprend pas pourquoi les gens s'entassent au bois de Boulogne ou au parc de Saint-Cloud alors qu'ils ont un si bel endroit à disposition.

— Je crois que c'est notre mentalité de Français étriqués qui veut ça. On a du mal à accepter de marcher sur les morts. Les gens préfèrent qu'ils soient bien rangés, serrés comme des sardines, loin des villes, à l'abri des regards.

Roméo n'est pas venu pour une visite guidée mais il est inutile d'essayer de couper Grim tant que celui-ci n'a pas débité l'intégralité de ses connaissances sur un sujet. Et puis, Roméo ne sait pas comment ni par où commencer.

— Tu sais combien ça coûte une concession cinquantenaire en paysager ? 6 730 euros. Et sans les frais. Ils ne se font pas chier, quand même.

Au détour d'un bosquet, une grande pelouse tondue ras accorde au ciel un peu d'espace. En son centre, un petit carré fleuri où les parents peuvent venir disperser les cendres de leur enfant.

— C'est l'hôpital Béclère qui a demandé un endroit comme ça. Il y a encore pas mal d'enfants qui meurent à la naissance, paraît-il. Moi, je ne m'en occupe pas. Enfant ou pas, quand ils sont brûlés, je suis hors compétence. Pour leur parler, faut qu'ils aient encore leur enveloppe.

Grim se tait. Les deux hommes flânent un temps puis décident de s'allonger sur l'herbe, entre Marcel

Rinaldi (1922-1980) et le couple Grabowski, Louise (1933-2019) et Michel (1931-2006). Il est presque midi. Les rayons du soleil triomphent des derniers nuages bas qui s'accrochent au sommet des arbres. Ils caressent doucement les visages et promettent un après-midi estivale. Roméo croise les bras sous sa tête et ferme à moitié les yeux. Le plus simple est de s'en tenir aux faits.

— Je l'appelle l'Autre. Celui qui est mort et enterré. Je l'appelle l'Autre mais c'est plutôt un moi, enfin un autre moi. Je m'explique. Il y a dix ans, je vivais tranquillement ma petite existence avec Judith, ma femme, et ses deux filles. Dix ans de mariage, crois-moi, ce n'était pas la fête tous les jours. Je n'en pouvais plus de cette vie sans saveur et répétitive. Et puis un jour, je pars quelque temps pour le travail et, quand je reviens, il est là, à ma place. Le même que moi. Sorti de nulle part. Un clone, un double, un sosie ou je ne sais quoi. Jusque dans les moindres détails. Ma voix, mes gestes. Je me souviens, je regardais par la fenêtre, et il était là en train de dîner tranquillement en famille. Dans mes vêtements, assis sur ma chaise. C'était surréaliste. Alors, tout s'est accéléré, je n'ai pas cherché à comprendre. En trois minutes, j'avais pris ma décision. C'était incompréhensible mais plus fort que moi, fallait que je parte. Ailleurs, loin. C'était ma chance. Pour renaître. Respirer. Recommencer à zéro. Cette nuit-là, je suis entré dans la maison chercher quelques affaires. Il dormait dans mon lit. Comme d'habitude, Judith me, enfin, lui tournait le dos. Elle n'avait rien remarqué, les filles non plus.

Alors je suis parti. Et je ne suis revenu que le jour des funérailles, le jour où l'on s'est rencontrés. Voilà tout ce que je sais sur l'Autre. Pas grand-chose en fait. Toi, tu en sais finalement plus que moi avec les recherches que tu as faites pour lui parler.

Roméo se tait et tourne la tête en direction de Grim. Le parleur est impassible. Il ne laisse rien échapper sauf, au bout de quelques secondes, un pet long et rocailleux, signe évident de sa stupéfaction.

Le retour à l'appartement se fait sans un mot. Au milieu des escaliers qui mènent au quatrième étage, qu'il n'arrive jamais à atteindre d'une seule traite, Grim fait une pause pour reprendre son souffle.

— Si je crois à ça, je peux croire à tout. Aux voyages dans le temps, aux univers parallèles, aux aliens, aux fantômes, à la réincarnation. Y'a plus de limite. Si je crois à ça, c'est le plus beau jour de ma vie.

À peine arrivé, Grim s'installe devant son ordinateur et s'attelle à questionner Internet. Il doit sûrement y avoir, sur la toile, des indices, des preuves, tout du moins des débuts d'explication. Roméo, lui, ne peut guère l'aider. Il ne sait rien de l'Autre. Qui était-il ? D'où venait-il ? Pourquoi a-t-il pris sa place ? Comment personne ne s'est jamais rendu compte de rien ?

— Je n'exclus pas d'être complètement dérangé, tu sais. Parfois, je me dis que tout ça ne peut provenir que d'un esprit malade.

Les deux hommes passent en revue les diverses possibilités. La folie, évidemment. Le dédoublement de personnalité. Mais aussi le clonage, l'usage de psychotropes, de drogues ou autres substances hallucinatoires. Une chute, un accident cérébral. Plus invraisemblable, un complot, une réalité parallèle, une invasion d'humanoïdes ou n'importe quel autre délire issu de la science-fiction.

— Tu crois qu'il pourrait exister autre chose que le réel ? Imagine que le monde entier, toi, les pizzas, Mozart ne soient qu'une création de l'esprit ? De mon esprit ?

Dans sa tête, les pensées de Roméo tourbillonnent. Cette hypothèse expliquerait tout ce qui est vertigineusement inexplicable. Le miracle de la vie. La nature. Les espèces. Le temps. L'immensité de l'univers. L'intelligence. Les sciences. Les sens. Les rêves. L'amour. La mort. Si tout n'est qu'un leurre, cette histoire d'Autre est alors bien plus facile à croire puisqu'il n'y aurait plus rien à croire. Et tant pis, alors, pour ses vies, ses questions, son avenir. Tant pis aussi pour le grand Aspirateur.

— Sérieux, Mozart ? Tu délires grave, Mec. Tu continues et je t'interne direct. C'est toi qui aurais inventé Mozart ? Dans ta petite tête ? Je ne sais pas si tu es taré mais là, tu décompenses sévère. Le génie, ça ne s'invente pas, Monsieur. Et surtout pas Mozart. Je ne vais pas le répéter, tu laisses Mozart en dehors de ça, ok ?

Roméo s'apprête à éclater de rire mais le sérieux du ton et l'air vindicatif de son interlocuteur le surprennent et l'en empêchent. Grim se replonge immédiatement dans ses recherches sur le web. Parfois, quand il croit avoir trouvé quelque chose d'intéressant, il le lit à haute voix :

— Premier siècle à Rome, Cicéron parle d'un autre soi et le définit comme un ami digne de confiance… En 1730, un médecin du nom d'Anton Mesmer utilise l'hypnose pour montrer qu'il peut exister deux états alternatifs de la conscience dans un même corps… Le trouble de la personnalité multiple est décrit pour la première fois en Amérique du Nord dans les années quatre-vingt mais reste sujet à controverse…

Lorsque le jour commence à tomber, aucune avancée notable, rien de nouveau sur l'Autre. Rien qui n'atteste réellement de son existence. Rien qui ne valide une quelconque théorie. La pièce est plongée dans une semi-obscurité moite. L'augmentation de la température et l'odeur âcre qui plane témoignent d'un après-midi laborieux et confiné. Grim s'interroge :

— Tu as vu le corps ? Quelqu'un a vu le corps ?

— Moi, non. Juste le cercueil.

— Moi pareil… Je crois que j'ai une idée.

— Explique.

— Faut le déterrer.

— Hein ?

— Oui, soit le cercueil est vide et toi tu pars direct à Sainte-Anne, soit le corps est bel et bien là…

— On ne peut pas faire ça, si ?

— On va se gêner.

Exhumer l'Autre. Des années que Roméo fuit, s'aveugle, s'efface. Pour ne pas savoir, pour ne pas comprendre. Creuser. Profaner. Vandaliser. Ouvrir le cercueil. Ne plus reculer. Regarder à l'intérieur. Ne plus avoir peur. Oui, il est temps d'en avoir le cœur net.

Grim a récupéré un petit escabeau dans sa cave. Ça suffira pour escalader le mur du cimetière, a-t-il assuré. Il a ajouté qu'ils trouveraient tous les outils nécessaires dans la remise des fossoyeurs. Il a terminé en gloussant qu'il n'y a rien à craindre, que le dimanche soir là-bas, c'est mort.

Lorsqu'ils arrivent rue des Pommiers, la petite rue qui longe l'enceinte, l'obscurité leur assure, comme prévu, une totale impunité, mais leur rythme cardiaque s'emballe, dopé par une surcharge d'adrénaline. Les apprentis monte-en-l'air se dissimulent dans un renfoncement. Roméo balaye les alentours d'un regard circulaire. Rien à signaler, la voie est libre. Grim passe en premier et tente l'escalade. Une fois sur l'escabeau, l'obèse n'arrive pas à lever suffisamment la jambe pour s'arrimer au haut du mur. Plusieurs tentatives infructueuses le laissent suant et pestant. Roméo place alors une épaule sous ses fesses et exerce une forte poussée de biais. La masse reste inerte. L'opération semble vouée à l'échec quand d'un coup, Grim bascule et s'immobilise au sommet de l'obstacle dans un équilibre grotesque et précaire.

— Ce que je ne comprends pas dans ton histoire, murmure-t-il l'air de rien, c'est comment t'as pu partir comme ça. Aussi vite. Sans réfléchir. Sans essayer de comprendre. Comment tu pouvais être sûr qu'il allait prendre ta place pour de bon ?

Roméo se remémore. C'est vrai, il n'avait pas vécu l'irruption de l'Autre comme une agression ou une usurpation mais comme une opportunité. L'Univers – il ne voit pas d'autre mot – lui faisait une fleur. Une nouvelle fleur. Puisque cette situation, Roméo l'avait déjà vécue. Il y a plus de 20 ans, avant de rencontrer Judith. Il y avait déjà eu un autre avant l'Autre. Un Premier Autre. Qui l'avait remplacé dans sa première vie. C'est pour ça qu'il n'a pas tergiversé. Pas comme la première fois.

Le Mans, à la fin des années quatre-vingt-dix, était une ville à l'arrêt. Sans histoire. Sans avenir. Trop proche de Paris pour revendiquer une quelconque singularité. Beaucoup trop loin pour en capter les énergies vitales. À la population vieillissante s'était ajoutée, depuis l'arrivée du TGV en 1989, toute une flopée de salariés parisiens qui, en s'exilant dans la capitale de la rillette de porc, pensaient à tort, que la tranquillité et le cadre de vie compenseraient les interminables heures dans les transports. C'est là que Roméo était né, avait grandi et perdait son temps. Puisqu'aucun destin ne serait jamais possible dans cette ville. Qu'à part attendre de crever, il n'y avait rien à y faire. Ses parents, en se mariant, avaient uni le monde de la terre à celui du prolétariat. La famille de sa mère cultivait quelques lopins de terre pour son usage personnel, élevait de la Charolaise pour sa viande et de la Normande pour son lait. Son père, était ouvrier chez Renault, à l'emboutissage, comme son propre père avant lui. Cette union sans histoire enfanta trois rejetons, tous bien portants, Roméo était le petit dernier. Mais surtout d'une vision de la vie rétrécie, où l'avarice des maquignons s'ajoutait au complexe de classe des ouvriers. Un mélange de « un sou est un sou » et de « c'est trop bien pour nous ».

Roméo avait été un enfant solitaire, un ado gentil mais apathique. Jeune adulte, il trainait sa carcasse sur les bancs de la fac sans autre ambition que de passer le temps. Il allait en famille supporter le Mans Sarthe Basket, sortait chaque week-end à *l'Aristophane*. Il buvait de la bière, du rhum et de la vodka. Fumait parfois des joints. S'amourachait aussi vite qu'il se lassait de Céline ou de Samia. Il n'avait hérité d'aucune audace, ni d'aucun rêve, ne s'en était pas fabriqué non plus. Il errait dans sa vie comme souvent le soir dans sa ville. Seul, sans but, s'en foutant de tout.

Roméo regardait avec envie ceux qui osaient monter à Paris. Il leur présumait alors connaissances et soutien financier, et incriminait aussitôt ses origines modestes pour ne pas avoir le courage de les imiter. Car Roméo, s'il fustigeait la mentalité étriquée de sa famille, n'en avait pas pour autant adopté les valeurs : la droiture, le travail. Il s'octroyait, sans vergogne, excuses et justifications. Il préférait les petits arrangements, s'ils permettaient d'économiser un effort ou s'ils garantissaient une rentabilité soit immédiate soit supérieure. Son esprit vif, son intelligence bien au-dessus de la moyenne lui avaient toujours permis de s'en sortir à moindre coût, entretenant dès lors la confusion entre le sentiment d'injustice et un certain complexe de supériorité.

Ce que Roméo préférait, c'était la musique. Il n'en jouait pas, ses parents n'avaient jamais voulu, pas d'argent pour ce loisir de bourgeois. Il l'écoutait. Sans cesse. Fort à s'en faire éclater les tympans. De l'électro surtout. Il adorait que le sang palpite au rythme des infrabasses. Que ses tripes prennent le pouvoir. Les boucles répétitives anesthésiaient le temps, supprimaient les mots. Il se retrouvait gardien d'une urgence salutaire, allégé d'un poids qu'il n'identifiait pas. Dans l'instant hypnotique, la réalité disparaissait. Et Roméo se sentait vivant. Et libre.

Il venait d'avoir 25 ans quand il fit la connaissance de Marguerite. C'était une jeune femme miniature d'à peine plus d'un mètre cinquante. Sa chevelure dorée, balayée de mèches flavescentes, encadrait un visage aux traits parfaits. Elle avait les pommettes hautes, le front bombé, des lèvres charnues et l'air espiègle. C'était, de loin, la plus jolie fille de la région, et Roméo aimait se sentir jalousé dès qu'il se promenait à son bras. Marguerite était née chez les nantis et vivait du bon côté de la ville, quartier Flore. Elle faisait du droit pour plaire à son père avocat, avait longtemps été Jeannette chez les scouts pour ne pas déplaire à sa catholique de mère. Marguerite se sentait bien dans ses baskets et s'émerveillait sans cesse des petits bonheurs que lui réservait l'existence. Ce que certains prenaient pour de la candeur était une prédisposition naturelle au bonheur. Elle adorait sa famille, ses amis, son chien. À tout juste 20 ans, elle s'engageait avec détermination sur le chemin d'un avenir déjà tracé, calqué sur l'existence repue de ses parents.

Elle était tombée amoureuse des grands yeux bleus de Roméo, peu importaient son air taciturne et ses hésitations. Roméo, lui, se sentait valorisé d'être distingué par tant de beauté, une bourgeoise de surcroît, mais redoutait l'enfermement. S'engager avec Marguerite, c'était perdre définitivement le combat contre la possibilité d'autre chose, c'était rester ici, abdiquer et agoniser en silence.

Avec elle, Roméo faisait comme avec la vie. Un pas en avant, deux en arrière. Il était persuadé que Marguerite était de ces êtres qu'on regrette de rencontrer trop tôt. De ceux qu'on déplorera plus tard d'avoir ratés. Et que l'on abîme à défaut de réussir à bien les aimer. Leur relation, en s'installant dans la durée, se fit chaotique. Roméo alternait les élans amoureux, les crises de jalousie et le besoin de se retrouver seul. Marguerite subissait les inconstances de son petit-ami sans se révolter, persuadée que la persévérance viendrait à bout de ses atermoiements. Mais le temps n'arrangea rien à l'affaire. Du visage de Marguerite disparut l'éclat de l'insouciance. À trop serrer les dents, un rictus inquiet s'y incrusta pour ne plus le quitter.

Marguerite, finalement, perdit patience. Pour le plus grand soulagement de ses parents, elle décréta un matin que l'amour avait vécu et qu'il lui fallait tourner la page.

La violence du chagrin qui submergea Roméo le surprit avant de le tétaniser. Il resta prostré dans son lit des jours durant, écrasé par la souffrance et le sentiment d'abandon. Quand il eut fini de s'apitoyer sur son propre sort, dans un réflexe de survie, il se mit à organiser la reconquête. Oui, il l'aimait et c'était le plus important. Oui, il voulait s'engager avec elle. Non, il n'était pas trop tard. Oui, il l'avait considérée comme acquise. Non, il ne s'en fichait pas de ses états d'âme. Non, il ne s'ennuyait pas avec elle. Non, la vie au Mans n'était pas insupportable. Oui, il avait compris désormais. Eh oui, ils allaient y arriver.

Roméo avait préparé ses arguments, choisi l'usage de la contrition comme stratégie principale et entendait bien retourner la situation. Mais Marguerite resta inflexible. Alors, Roméo se mit à paniquer. Il pleura, supplia. Il promit tout, le mariage, même les enfants. Sans succès. Désespéré, Roméo, se refugia dans l'agressivité, cria et menaça. Marguerite prit peur et refusa dès lors catégoriquement de le revoir.

Ce fut le début d'une étrange période. La distance physique alimentait le manque. Roméo sombrait, ne parlait plus à personne. Ses nuits se peuplaient des visages de l'angoisse. Le café par litre lui servait d'unique régime alimentaire et le son de la télévision de palliatif au vide. Il ne vivait que dans l'attente d'un signe de Marguerite qui, évidemment, ne venait pas. C'est ce moment que choisit le Premier Autre pour débarquer et prendre sa place.

Au début, Roméo ne comprit pas ce qu'il se passait. Plongé dans une torpeur qui lui ôtait toute initiative, il ne lisait qu'à peine ses sms, n'y répondait jamais. Il en recevait parfois d'amis qui lui prêtaient une présence en ville alors qu'il n'avait pas bougé de son lit. Roméo mettait ça sur le compte d'une erreur de destinataire et les oubliait aussitôt. C'est un message sur son répondeur qui le fit pour la première fois réagir. Samia, son ex, avec qui il entretenait des relations cordiales mais espacées, venait de le croiser avec Marguerite en bas de la rue des Minimes, sortant des *Galeries Lafayette*. Elle était contente que tout se soit finalement arrangé, l'avait trouvé en forme et espérait bien, concluait-elle en plaisantant, être invitée au mariage. Roméo, stupéfait, l'appela aussitôt et la discussion prit une tournure surréaliste. Samia, réaffirmant que c'était bien lui qu'elle avait croisé, avec son blouson en cuir et son jean déchiré, qu'il lui avait même fait un petit signe de la tête. Roméo, jurant ses grands dieux ne pas avoir quitté la maison de la journée et ne plus avoir de contact avec Marguerite depuis des lustres. C'est lorsque Samia lui raccrocha au nez, plus qu'irritée par ce qu'elle considérait être un jeu pervers de sa part, que Roméo comprit qu'il se tramait quelque chose.

Il se mit alors à enquêter. Tous ses amis lui confirmèrent cette histoire incroyable. Il avait bel et bien renoué avec Marguerite depuis une semaine et avait assidûment arrosé la bonne nouvelle avec eux dans les bars de la ville. S'ils ne comprenaient pas toujours le pourquoi de cet interrogatoire, ses amis étaient en revanche tous d'accord pour constater chez Roméo une légèreté et une bonne humeur qu'il ne lui connaissaient pas.

Roméo était perdu. Que se passait-il ? Était-il la cible d'une blague de très mauvais goût ? Ou peut-être d'une caméra cachée ? Ou sujet à la vengeance de Marguerite ? Rien de ses investigations ne venait confirmer ces hypothèses, et c'est dans la paranoïa qu'il trouva une explication à toute cette incompréhension. Roméo se persuada que Marguerite avait un nouvel homme dans sa vie, qu'elle l'avait remplacé, déjà oublié. Il en éprouva une jalousie incommensurable et décida d'aller vérifier par lui-même.

Marguerite arborait son sourire le plus radieux quand elle le vit arriver à la terrasse de *La Bourse*. Elle lui sauta au coup et l'embrassa à pleine bouche. Roméo, désarçonné par autant de spontanéité, tenta de cacher son trouble en l'étreignant et lui rendant son baiser. À cet instant, le cœur démonté comme peut l'être une tempête dans les 40ᵉ rugissants, Roméo eut la volonté de ne plus essayer de comprendre. De juste se laisser porter et, tout au plus, remercier les puissances occultes qui lui offraient sans raison une résurrection aussi facile qu'inespérée. Comme toujours, Marguerite commanda un Américano, Roméo un Monaco.

— C'est dingue quand même quand on y pense, non ? Dingue comme tout a changé en quelques jours. Tu vois, c'est ce qu'on dit. Un mal pour un bien. Ça nous a fait du bien cette séparation. Je le savais que ce serait un déclic.

Roméo lui prend la main.

— Tu savais ?

— Oui, fallait bien faire quelque chose, ça pouvait plus durer.

— Oui, je suis d'accord.

— Et puis, ça a quand même eu un effet inattendu, pouffe Marguerite

— De quoi tu parles ?

— Arrête, ne me le fais pas dire.

— Si, dis-le, insiste Roméo. De quoi parles-tu ?

Marguerite se cache les yeux, gênée.

— Ben hier. Mon premier orgasme.

Un couteau dans le cœur. La lame qui n'en finit pas de s'enfoncer. Qui tournaille dans le muscle et délivre une souffrance atroce. Ça saigne, ça gicle. Un carnage intérieur. Par tous les silences possibles, Roméo crie la trahison ignoble. Celle qui supprime l'air qu'on respire. Celle qui rend hideux et méchant. Celle qui commande à la colère de reprendre la main et d'arracher la douleur d'un coup sec. Celle qui supplie l'oubli, ou la nuit, ou la mort, de remplir dans l'instant son rôle providentiel. Comment survivre à pareille humiliation ? Roméo essaye par tous les moyens de rester impassible. Surtout faire que Marguerite ne remarque rien. Qu'elle ne voit pas le tsunami intérieur et les chairs labourées. Les reflux acides et l'envie de vomir. Faire comme si de rien n'était. S'éloigner de soi. Réfléchir. Essayer tout du moins. Respirer. Oui, respirer. Inspirer. Compter jusqu'à trois. Souffler. Faire baisser la tension. Éloigner les vertiges et les palpitations. Retrouver sa contenance. Ne pas accepter la défaite. Essayer de sourire. Oui, c'est ça, ne rien dire et essayer de sourire.

— Ça te gène qu'on en parle ?

— Un peu… Enfin… Non, pas vraiment.

— Je ne te connaissais pas comme ça. Si tendre, si doux. C'est dingue, je n'en reviens toujours pas.

— …

— Tu vois, t'es gêné !

— Non, non. Ce n'est pas ça… Mais, comment dire, tu as vraiment trouvé ça différent ?

— Carrément. C'était fou, j'ai adoré. Tu sais ce qu'on dit sur l'hormone libérée par la jouissance, je ne sais plus comment elle s'appelle… On dit que c'est elle qui déclenche l'attachement, l'amour. Je crois que c'est vrai, je t'aime encore plus depuis hier.

Marguerite s'approche pour se lover dans ses bras. Roméo, crasseux, réprime au dernier moment le réflexe de la rejeter et l'enveloppe. Les rayons du soleil se fraient un chemin entre nuages et parasols, et éclairent par intermittence la masse immobile que composent leurs corps figés. Le regard de Roméo se concentre sur les ombres qui dansent. Il essaye de penser mais rien ne vient. Aucune place pour autre chose que la cruauté d'un présent qui martèle ses vérités encore et encore. Quelqu'un a baisé la femme qu'il aime. Quelqu'un a fait jouir la femme qu'il aime. Et, horreur, ce quelqu'un est, semble-t-il, une meilleure version de lui-même.

— Et si je te disais que ce n'était pas moi hier ?

— Qu'est-ce que tu racontes ?

— Si celui avec qui tu as fait l'amour hier, ce n'était pas moi ?

— Je ne comprends pas pourquoi tu dis ça ? Bien sûr que c'était toi.

— Tu viens de dire que j'étais différent. Plus doux, plus tendre.

— Oui, c'était un compliment.

— Eh bien, imagine que ce n'était pas moi.

— Mais tu es complètement taré. Pourquoi tu voudrais que j'imagine ça ? On est trop bien là, tu ne peux pas juste profiter au lieu d'inventer je-sais-pas-quoi ? On dirait que ça t'embête que ça ait été super.

— Un peu. Ça veut dire qu'avant ça ne l'était pas. Et tu ne me l'as jamais dit.

— T'es tordu. Ça ne veut pas dire que c'était pas bien avant mais que maintenant c'est mieux. Et tant mieux. Et puis regarde, on en parle. Ça aussi, c'est nouveau.

Roméo devrait se taire mais n'y arrive pas. Il y a tromperie. Erreur sur la personne. Usurpation d'identité. Appropriation d'amour et surtout détournement d'orgasme.

— Marguerite, je sais que ça va te paraître dingue mais je crois que quelqu'un essaye de prendre ma place.

— Mais, qu'est-ce que tu racontes ? T'as fumé ? T'es défoncé ?

— Non, je suis sérieux.

— N'importe quoi. Tu ne veux pas juste assumer que t'as lâché un truc, que tu t'es ouvert. Il n'y a pas de honte à être sensible, à l'écoute, à s'intéresser à l'autre. Tu préfères rester un bourrin toute ta vie ?

Coup bas. Marguerite s'est redressée. Irritée, elle est prête au combat. Elle le regarde avec cet air supérieur que Roméo et son complexe de classe exècrent. Il voudrait la convaincre, lui expliquer. Peut-être pourrait-elle comprendre ? Mais derrière son attitude revêche, Roméo devine un « *ça ne changera donc jamais, seras-tu un jour à la hauteur ?* » qui suffit à lui faire rendre les armes. Marguerite a raison, tout ça n'a aucun sens. C'est lui qui doit perdre la boule. Surtout, il ne veut rien dire, ou faire, qui la fasse s'éloigner à nouveau.

— Mais non, je rigole. C'est pour te taquiner, tu n'as vraiment aucun humour.

Marguerite le maudit puis se marre. En profite pour se réinstaller dans son cou.

— On recommence quand ? On se voit ce soir ?

Roméo a abdiqué sans même avoir lutté. La lâcheté en plus du reste. Pourvu qu'il ne s'agisse que d'un mauvais rêve. Que toute cette histoire ne soit qu'un signal envoyé par son inconscient pour le prévenir d'un danger. Ou d'une leçon à apprendre. Si, par chance, rien de tout cela n'est réel, Roméo se promet qu'à son réveil, il s'évertuera à écouter Marguerite, son corps et ses désirs, et qu'il s'appliquera à explorer, coûte que coûte, les chemins de sa félicité.

Les jours d'après, Roméo hésite et tourne en rond. Une partie de lui voudrait se battre et confronter l'usurpateur. Récupérer son bien. Mais il n'en a pas l'énergie. Ou bien le courage. Pour justifier son inaction, il décide de parier sur l'altération de sa lucidité. Comme si sa conscience du réel s'était égarée et que le temps allait lui permettre de retrouver le droit chemin. Alors Roméo reste chez lui et évite les interactions sociales. Surtout ne pas revoir

Marguerite, surtout ne pas revivre l'affront. Il devient évident qu'il lui suffit d'attendre le correctif de ce bug cosmique, que tout va tranquillement rentrer dans l'ordre. Mais rien ne se passe et le temps joue contre lui. Chaque seconde qui s'égrène invalide un peu plus sa théorie puisqu'à l'extérieur, le monde continue de tourner – Marguerite continue de faire l'amour et d'apprendre à jouir – et que cette apathie laisse le champ libre à toutes les prédations. Roméo, hagard, se regarde perdre identité et discernement au profit d'un voleur qui s'est introduit dans sa vie par effraction, dans Marguerite surtout, et lui inflige la plus immense des blessures narcissiques, le dépossède d'un bonheur qu'il ne savait pas détenir et le condamne inévitablement à la disparition.

Au bout de quelques jours, une éternité, Roméo trouve dans le désespoir, l'énergie de refuser la fatalité et décide de réagir. S'il ne croit toujours pas à la réalité de cette histoire, une furieuse envie d'en découdre additionnée d'une rage trop longtemps ignorée lui suggère la bravoure. Se battre et repousser l'envahisseur. Puisque la meilleure défense, c'est l'attaque. Et que tout vaudra mieux que de ne rien faire.

Son premier réflexe est la confrontation. Physique et violente, si besoin. Roméo ne s'est jamais battu, mais la haine qu'il se découvre à l'intérieur devrait suffire à lui donner l'avantage. L'histoire est remplie de héros mus par la seule force de leur volonté. Roméo se sent David et Goliath dans un même corps, se drape dans la foi aveugle de Jeanne la pucelle. Son bras sera vengeur. Sa détermination sans faille. Il invoque Spartacus et Sitting bull. En avant !

Roméo parcourt les rues du Mans. Il se rend dans tous les endroits qu'il a l'habitude de fréquenter. Il descend la rue Prémartine et tourne à gauche en direction du Jardin des plantes. Une énergie proche de l'ébriété lui fait accélérer le pas, changer fréquemment de direction. Ses déplacements sont erratiques. Le haut de son corps semble parfois se dissocier de ses jambes, chaque partie paraissant choisir une direction opposée jusqu'à lui faire perdre l'équilibre, presque tituber. Personne rue de l'Étoile, ni au *Scarron*, Roméo s'engage dans la rue du Docteur-Leroy en direction du *Café noir*. S'il le trouve, il improvisera. Pas besoin de plan, le bon sens et le bon droit l'emporteront, c'est sûr. Roméo, arpente, scrute et s'impatiente. Les muscles de son visage se crispent, ses gestes s'agacent. Ses yeux fouillent les moindres recoins. Il croise des connaissances mais ne s'arrête pas. Il y a urgence. Il doit récupérer sa vie. Peu importe le moyen. Peu importent les conséquences.

Alors que Roméo échoue à localiser l'intrus, les mots de Marguerite envahissent ses pensées. *Doux, tendre, nouveau, différent*. Non. Ce n'est pas lui dont elle parlait. Lui ne la faisait pas jouir. Lui n'était pas attentionné. Lui n'était pas un bon coup. À qui la faute ? Il mérite sans doute ce qui lui arrive. Et Marguerite a eu raison de le quitter. Alors pourquoi veut-il à tout prix rétablir la situation d'avant ? Leur couple ne s'en remettra pas. Puisqu'il ne pourra plus jamais l'aimer sans partage, encore moins accepter ses sentiments infidèles. Leur histoire est morte, c'est évident, seule la fierté le pousse à arpenter les pavés usés du centre-ville. La gorge nouée, Roméo traverse la place des Jacobins. Il doit encore vérifier au *Saint-Pierre* puis au *Vaudeville*.

C'est alors qu'il le voit. Là, juste en face de lui. Il est assis sur les marches du jet d'eau, à l'aplomb de la cathédrale. C'est dingue. Le même que lui. Les mêmes traits. La même manière d'être. De se tenir. La même nonchalance savamment étudiée. La même barbe de trois jours. Roméo n'a pas le temps d'être stupéfait que son double se lève et s'enfuit en courant. Il grimpe quatre à quatre les marches et disparaît à gauche de la cathédrale. Roméo se lance alors à sa poursuite. Le fuyard accélère, Roméo l'imite et, au prix d'un incroyable effort, réussit à ne pas le perdre de vue. À gauche rue du Doyenné, puis à droite rue de la Reine-Bérengère, Roméo va le rattraper, c'est sûr. Il coupe par la rue de la Truie-qui-File et se rapproche. C'est alors que sa tête heurte quelque chose. C'est dur. C'est noir, c'est vide. Ses jambes se dérobent. Plus rien.

Quand Roméo rouvre les yeux, il est allongé. Il fait nuit. Autour de lui, les lumières floues de la ville défilent. Il reconnaît le bruit entêtant d'un train qui roule. Son corps endolori épouse les mouvements chaotiques de ce qu'il imagine être des tôles métalliques. Il ne lui faut pas longtemps pour comprendre qu'il gît sur la passerelle qui sépare les wagons du corail qui monte à Paris.

« Oh, ça m'emmerde ! » Grim manqua de vomir. L'odeur de viande putride envahit ses narines, traversa la muqueuse olfactive avant d'irradier son encéphale de ses stimulis électriques, acheminant la fétidité rance, mélange de méthane et d'ammoniaque ainsi que l'information de son origine, un corps en décomposition. Grim porta la main droite à sa bouche, protection bien inutile face à l'agressivité des effluves tandis que, de la gauche, il maintenait maladroitement le couvercle du cercueil entrouvert. L'opération d'exhumation s'était, jusqu'à présent, déroulée sans difficulté, Grim détaillant par le menu les étapes de la putréfaction humaine, trouvées sur Internet qui fourmille d'informations sur le sujet, tandis que Roméo suait à pelleter la terre encore meuble qui les séparait du cercueil de l'Autre et de la vérité sur son existence. Ballonnement, tache verte, horloge microbienne, mouches, champignons, peau qui se décolle et ongles qui tombent, les connaissances de Grim étaient encyclopédiques mais purement théoriques, sa seule confrontation à des corps décomposés résidant dans la visite de la salle des momies du musée du Louvre. Cette nuit-là, la quiétude du cimetière fut, des heures durant, amendée par la monocordie du discours de l'obèse, entrecoupé du bruit régulier de la terre qui s'abat sur le sol.

— Tu sais qu'il paraît que les corps ne se décomposent plus comme avant, qu'ils mettent beaucoup plus longtemps ? Des dizaines d'années alors qu'il n'en fallait que deux auparavant. Certains scientifiques avancent que c'est à cause de la mauvaise alimentation. Qu'il y a, de nos jours, tellement de conservateurs dans nos organismes que ça empêche les corps de se dégrader normalement.

Lorsque la pelle de Roméo cogna le chêne, Grim se risqua à une recommandation.

— Ça risque de pas être joli-joli, tu sais.

— Tu as déjà vu ça ?

— Non, jamais. Moi, mes morts sont encore chauds quand je m'en occupe. Tu sais bien que l'esprit se détache en quelques heures. Après, pour moi, ça n'a plus d'intérêt.

Roméo n'avait jamais vu la mort de près, l'Autre étant le premier proche, si l'on peut dire, qui décédait. Bien sûr, victimes d'accidents ou de catastrophes naturelles ne furent pas absentes de ses voyages. Il avait aussi assisté à des processions funéraires en Inde ou en pays Dogon, mais avait toujours pris soin de ne jamais trop s'approcher, tenant pour certain qu'une barrière étanche entre lui et la mort, l'immuniserait contre la malédiction du repos éternel.

Une fois la terre dégagée de son dessus, Grim réussit facilement à déverrouiller le couvercle du cercueil, ouverture accompagnée du bruit caractéristique d'un récipient sous vide qui se remplit d'air. Ou bien était-ce la sonorité d'un vent libéré par ses intestins ? Roméo n'avait pas cherché à en déterminer l'origine et s'était juste retenu de respirer. Le faisceau lumineux de sa lampe-torche avait alors balayé l'intérieur du caisson et dévoilé un spectacle qui l'avait fait sursauter et couvrir d'un cri d'effroi le « *Oh, ça m'emmerde !* » de son compagnon.

Sans doute contrariés par la lumière vive, des milliers d'asticots, qui se délectaient d'un sirop blanchâtre et visqueux, se mirent à gigoter dans tous les sens. Un mouvement désordonné sur toute la partie supérieure du cadavre qui donnait l'illusion de la vie, agitation morbide accentuée par les ombres portées. Mais en y regardant de plus près, le mort était absolument mort, immobile. Petit à petit, les vers cessèrent leur chorégraphie irréfléchie et désertèrent les anfractuosités du visage pour se réfugier dans ses orifices et laissèrent apparaitre les traits inertes du défunt. Les exacts traits de Roméo.

Il n'y avait aucun doute. L'Autre était bien là. Indiscutablement mort mais tout à fait réel. Grim répéta plusieurs fois « oh, ça m'emmerde ! » Puisqu'il allait falloir oublier l'image des vers qui grouillent, se débarrasser de l'odeur pestilentielle, tout refermer, tout remettre en état. Puisqu'il allait surtout falloir croire en l'histoire de Roméo.

— Donc tu n'es pas fou. Enfin, je veux dire, pas complètement.

— Ça me soulage.

— Ou peut-être que tu m'as maraboutê. Si d'aventure la réalité n'est qu'une illusion partagée.

— Je n'ai pas ce pouvoir, tu sais.

— C'est bien le problème. Tu te rends compte de ce que ça veut dire ? On vient de basculer dans l'irréel. Le dingo. Le fantastique. Chaos et galimatias. Oh, putain, c'est génial mais c'est aussi la grosse cata ! Et ce n'est pas peu dire qu'on a du boulot !

Les jours d'après, ils les passèrent enfermés dans l'appartement de Grim qui avait appelé son employeur pour poser des RTT sans préciser de date de retour. À reprendre l'histoire depuis le début. Grim était persuadé que le mystère ne résisterait pas à une étude poussée des faits menée avec ordre et méthode. Ils commandèrent des pizzas en nombre, pas que des hawaïennes puisque Roméo avait argué d'une ancienne allergie aux fruits exotiques pour imposer une alternative à l'ananas. Les deux hommes s'en faisaient régulièrement réchauffer des parts au micro-onde lors des pauses qu'ils s'octroyaient, Satie et Debussy se chargeant alors de rompre l'ambiance studieuse et insonore de l'appartement. Étonnamment, aucune flatulence ne vint déranger l'échange. Comme si la minutieuse attention apportée par Grim aux confidences de Roméo avait suffi à amadouer son maelström intérieur.

Roméo raconta. Pendant des heures. Son récit qu'il voulait chronologique s'aventurait parfois dans une succession de digressions qui lui faisait perdre le fil. Grim n'intervenait que rarement, pour resituer l'action ou préciser une date, mais laissait Roméo divaguer ; ses mots racontaient une histoire digne des meilleurs romans de Philippe K. Dick et réussissaient à l'emporter dans le plus onirique des voyages.

Roméo parlait, Grim écoutait et s'obligeait à remplir de manière épisodique, les pages d'un cahier à spirales d'une écriture grossière et quasi illisible, soulignant parfois avec énergie certains éléments qu'il jugeait importants.

De temps à autre, Roméo s'arrêtait. Afin de trouver les mots justes. Ou de se remémorer un détail qui fuyait sa mémoire. Parfois, il s'éloignait des faits et se perdait dans des considérations philosophiques sur le voyage ou la solitude. Réussissant finalement, dans une démonstration imparable à justifier ses choix, ses vies.

Une fois l'histoire racontée et régulièrement consignée, Grim s'autorisa à poser des questions. Frappées au coin du bon sens. Roméo, au début, eut la raideur de les esquiver mais dut se rendre aux arguments de son interrogateur. À force de solitude, sans interlocuteur ni contradicteur, Roméo avait érigé son histoire en mythologie, et le travail qu'ils faisaient ensemble, pour être utile, demandait au protagoniste principal de se remettre en question. Grim s'interrogeait notamment sur l'irruption des deux Autres dans la vie de Roméo. N'était-il pas étrange que ces doubles apparaissent au moment précis où sa vie patinait et lui permettaient de ne jamais avoir à faire de choix ? N'arrivaient-ils pas opportunément afin de pouvoir fuir sans jamais rien affronter ? Comme si seul du vide ou du chaos pouvait surgir un futur ? N'était-ce pas la définition même de l'immaturité ? Et cette solitude affirmée, revendiquée, n'était-ce pas le prix à payer pour une fuite perpétuelle, puisque la vie en société demande tant d'efforts et que l'abandon des siens, intolérable, est couvert ici par ces apparitions magiques et providentielles ? Grim n'en finissait pas de s'interroger. Chaque question en amenait une autre. Comme si l'absolue nouveauté de la situation ouvrait un champ totalement vierge à la réflexion. Il se risqua à toutes sortes de suppositions et conclut par celle qui lui convenait le plus. Et si par la seule force de son psychisme, Roméo avait mis en route des énergies puissantes qui avaient modifié la réalité physique afin de lui permettre d'arriver à ses fins ? N'était-ce pas cela qu'on appelait la force de la pensée créatrice ?

Au départ sur la défensive, Roméo comprit qu'il ne s'agissait pas d'accusations, que toutes ces questions n'attendaient pas de réponses précises mais servaient à ouvrir de nouvelles voies de compréhension. Alors, il fit de son mieux pour s'éloigner des justifications et se risqua tant bien que mal à la transparence. Dès lors, il s'autorisa à regarder son passé par un autre prisme que celui du combat et se surprit lui-même lorsque la nostalgie, sentiment dont il se croyait dépourvu, l'envahit.

Roméo se remémora ses amours passées. Une avalanche de sentiments oubliés vint lui toupiller le cœur. Les transports délicieux. La chaleur d'une présence. Les mains jointes et les corps aimantés. Marguerite était magnifique, aimée des étoiles. C'était l'innocence, la spontanéité, tous les possibles. Ce jour-là, en ne sautant pas du train, il avait tout gâché et capitulé sans vraiment combattre. Avec Judith, la passion et les communions n'avaient pas suffi à le retenir. Les filles non plus. Pourtant ces femmes, ses amours, étaient belles. Et vraies. Il ne les méritait sans doute pas. Les avait-il abandonnées ? Sans aucun doute. Puisqu'il ne pouvait nier qu'en partant, une voix intérieure lui répétait que le temps à venir, les prochaines vies à vivre, lui réserveraient d'autres rencontres, d'autres amours. La promesse d'un meilleur ne laissait, à l'évidence, que peu de chance au connu.

Roméo avait volontairement tu, toutes ses années, les bonheurs anciens. Pourquoi ? Les faire revivre aujourd'hui avait-il un sens ?

C'est alors que Grim, interrompant les épanchements de Roméo, se leva d'un coup du canapé et se mit à crier. L'indignation lui déformait le visage, l'empourprait aussi. Il pointa Roméo du doigt et vitupéra n'avoir jamais été en couple, que leur cohabitation actuelle était la première de sa vie d'adulte, qu'il ne connaissait pas l'amour et qu'à la place de Roméo, que ce soit avec Marguerite ou Judith, lui aurait combattu jusqu'à son dernier souffle plutôt que de s'en aller.

Cela faisait longtemps qu'il n'avait pas marché. Et ça lui manquait. À son retour en France, Roméo avait brutalement arrêté les déambulations. Peut-être ses jambes étaient-elles fatiguées. Ces années durant, il n'avait jamais compté les kilomètres, laissant son intuition le guider et les crampes décider de la fin d'une étape. Ses voyages, le plus souvent terrestres, toujours pédestres, avaient sculpté son corps, fin, sec, tendu. En compagnon fidèle, celui-ci ne lui avait jamais fait faux bond. Parfois des ampoules aux pieds, plus rarement des engelures ou des élongations l'avaient contraint à des haltes plus ou moins provisoires, mais jamais cet outil entièrement dédié à l'exploration de sa liberté n'avait flanché. Roméo ne le ménageait pourtant pas mais, au fil des années, des distances parcourues, il avait si bien su l'assujettir. À chaque déplacement, l'afflux sanguin se calait au rythme qu'adoptaient les pas, l'esprit se libérait des pollutions et prenait son élan. L'enveloppe se mettait alors en pilotage automatique et les méditations à confluer. La séparation du corps et de l'esprit ne pouvait trouver meilleure démonstration et il fallait souvent que la nuit tombe, ou que la faim le tiraille, pour que Roméo daigne réintégrer son corps et répondre à ses injonctions biologiques.

Depuis son retour, la vie sédentaire l'avait empâté. La cohabitation avec Grim, son régime alimentaire, n'avaient certes pas aidé, mais Roméo se sentait surtout lourd de la répétition des jours. Il avait eu des velléités de faire du sport, d'évacuer le gras, mais une fatigue généralisée l'en avait jusqu'à présent dissuadé. Comme si revenir ici, replonger dans son passé, l'avait vidé de l'énergie qui, depuis son départ, l'avait poussé à avancer.

Si, ce jour-là, Roméo faisait les cent pas, ce n'était pas pour permettre à son esprit de vagabonder mais pour calmer ce mélange de trouille et d'impatience qui l'avait empêché de dormir les nuits précédentes. Paris se réveillait et grondait déjà. La ville était en retard, ses habitants semblaient s'accorder pour rattraper toutes les minutes disparues dans les embouteillages matinaux. Les tensions habituelles entre piétons, cyclistes et automobilistes les détournaient de l'essentiel, c'était une belle journée et le début de l'été.

L'attente était interminable. Roméo marchait sans s'arrêter et se fondait dans la masse. Une paranoïa sans objet lui faisait changer d'itinéraire pour ne pas paraître suspect en repassant toujours au même endroit. Il se forçait à ralentir pour diluer l'angoisse grandissante et, dans une tentative inutile de soumettre le temps, il décomptait ses pas et calculait dans sa tête la vitesse instantanée de ses déplacements.

Grim avait promis d'appeler dès sa mission accomplie. Cela faisait plus d'une heure maintenant. Que se passait-il ? Après avoir maintes fois sorti son téléphone de la poche arrière de son jean pour constater l'absence d'appel, Roméo le gardait désormais dans la main, l'écran déverrouillé orienté vers lui, bien au centre de son champ de vision.

Tout s'était enchaîné, presque précipité. Ce soir-là, un silence pesant s'était longuement installé avant que Grim ne se calme et s'excuse de s'être emporté. Roméo, pour couper court, avait proposé d'aller chercher des bières dans la cuisine. À son retour, les deux hommes avaient fait comme si de rien n'était et s'étaient appliqués à descendre leur *Kro* à même la bouteille. La valse n° 7 de Chopin et ses accents romantiques accentuaient l'étrangeté de la situation.

Roméo pouvait comprendre la réaction de son hôte. Qu'il était difficile d'expliquer un sentiment qui n'avait sans doute jamais été éprouvé par quiconque auparavant.

— Je le prends comme un cadeau de l'Univers, je ne vois pas d'autre mot. Quand ça t'arrive, soit tu perds la boule, soit tu acceptes et tu fonces. Je crois que je n'avais pas le choix. J'ai obéi à quelque chose qui me dépassait.

— Pourquoi revenir alors ? lui demanda Grim, calmé. Le grand Aspirateur, ce n'est pas suffisant, si ?

Roméo refusait encore d'admettre ce que tout observateur constaterait à l'évidence. Il approchait la cinquantaine. La mort de l'Autre lui annonçait l'imminence de son propre jugement dernier. Sans doute était-il l'heure des bilans. Ou de réparer ses erreurs. D'essayer de se reconnecter aux autres. De se pencher à l'intérieur, au risque de se découvrir un cœur racorni. D'admettre la vérité scélérate, que la solitude est avant tout une souffrance.

— Tu n'y crois pas au grand Aspirateur ?

— Oh que si !

Grim avait immédiatement été convaincu par l'idée qu'il trouvait brillante et révolutionnaire. Il avait même envisagé de mettre à contribution ses relais sur le web pour la populariser. En revanche, il ne croyait pas une seule seconde que le retour de Roméo ne soit motivé que par cette impérieuse et philanthropique entreprise.

— Pour moi, c'est une excuse. C'est marrant que quelqu'un d'aussi intelligent que toi refuse de voir certaines évidences.

— Tu veux dire quoi ?

— Tu es là pour te reconnecter à ta vie. Ou à tes vies, je ne sais plus trop. Retrouver le réel.

— Et comment je fais ça ?

— Tout d'abord, en arrêtant la clandestinité.

Et c'est ainsi que les deux hommes passèrent une grande partie de la nuit à mettre sur pied un plan d'action dont la première et principale étape serait de recontacter Judith. Aller la voir. Tout lui raconter. Remettre les choses à l'endroit. Rectifier le destin. Apaiser l'Univers. Réintroduire Roméo dans la vie comme on le fait des espèces protégées.

Ils étaient convenus qu'il fallait procéder en douceur. Déjà, pour le commun des mortels, l'histoire était difficilement croyable, alors qu'en serait-il pour Judith quand elle verrait débarquer sans crier gare, l'homme qui avait partagé sa vie ces vingt dernières années et qu'elle venait tout juste d'enterrer ?

— On peut faire une crise cardiaque pour moins que ça, avait souri Roméo.

— C'est sûr que ça va être un énorme choc, mets-toi à sa place. Elle croyait enfin être débarrassée, s'esclaffa Grim dont l'hilarité subite eut pour conséquence quasi instantanée de lui faire relâcher son périnée et de renouer avec sa pratique gastro-ventilatoire.

Midi. Toujours aucune nouvelle. Roméo trépignait désormais plus qu'il ne marchait. L'impatience se muait en animosité Cela faisait bientôt deux heures que Grim était parti au rendez-vous que Judith lui avait fixé. La veille au téléphone, il s'était montré intéressé par un des appartements qu'elle commercialisait et comptait, ce matin au cours de la visite, la préparer à l'incroyable surprise.

Roméo regarda machinalement sa montre, une énième fois. Bloqué dans l'antichambre de son présent d'avant, il constata que sa respiration se faisait saccadée, que ses poumons se compressaient sous l'effet de l'angoisse, que c'en était presque douloureux. Il commença à se masser la poitrine en effectuant de petits mouvements concentriques dans l'espoir d'en faire disparaitre les tensions quand soudain, une main se posa sur son épaule. Roméo se retourna.

— Alors ?

La défaite exhalait. Le corps flasque et tremblant de Grim semblait prêt à s'affaler sur le trottoir. Les passants contournaient l'obstacle et fulminaient en silence contre ce gros tas suant qui bloquait le passage.

— La cata. Putain, la cata !

D'une voix pleurnicharde, Grim résuma la débâcle. Comment il avait perdu pied, ému et perturbé par la beauté solaire de Judith. Comment durant la visite, il n'avait jamais réussi à baragouiner que des choses incompréhensibles, mélange de bégaiements et d'onomatopées. Et surtout, comment, au moment de dire au revoir, il avait essayé de la prendre dans ses bras, cherchant, sans doute, dans cet élan irréfléchi à contrecarrer l'échec patent de sa mission.

— Je ne sais pas ce qui m'a pris, c'est n'importe quoi !

En montrant sur sa joue gauche l'empreinte rougeoyante laissée par les bagues de Judith, Grim confessa alors la gifle magistrale qu'elle lui avait assénée et la honte absolue qui, depuis, l'avait étreint et lui commandait de disparaître de la surface de la terre.

Roméo éclata de rire. Un rire franc, puissant. Un rire sans fin qui redoublait d'intensité et faisait se retourner. Plus Roméo imaginait la scène, plus il riait. Jusqu'en perdre l'équilibre. Il reconnaissait bien là sa femme. Sa force de caractère, sa manière de ne jamais se laisser faire. Il l'imaginait, perchée sur ses talons, victorieuse de ce mâle ventru et déconfit qui n'avait que ce qu'il méritait. *Hasta la victoria siempre !*

Roméo s'obligea tant bien que mal à retrouver son sérieux. Il ne voulait pas accabler Grim et lui conseilla de rentrer à l'appartement. L'épisode resterait comme une anecdote amusante mais il était bien plus que ça. Souvent dans la vie, déléguer aux autres les gestes d'importance se révèlent calamiteux. Son retour ne pouvait se faire par procuration, et les évènements du jour prouvaient que c'était à lui seul de s'en occuper.

Roméo n'eut besoin d'aucun courage pour se diriger vers la rue de Vaugirard où se trouvaient les bureaux de Judith, mu qu'il était par l'évidence que tout s'ordonnait, que chaque pièce du puzzle allait finalement trouver sa place. En chemin, il offrit son visage aux rayons du soleil. La ville s'était attablée aux terrasses et bruissait de ses légèretés estivales. Ce qui, il y a encore quelques jours, lui paraissait insurmontable, était devenu simple comme par enchantement. Quel mal pouvait-il y avoir à redevenir soi ? À dire les choses plutôt que de les cacher ? Roméo marchait dans la rue, délesté d'un poids si lourd qu'il manquait de s'envoler à chaque pas. Son cœur virevoltait et l'idée de retrouver sa femme pour de vrai le remplissait d'une fièvre sucrée.

Judith était là. Assise derrière son bureau. Elle profitait d'être seule pour manger une salade avec des couverts en plastique. Pour la forme, Roméo se regarda dans le reflet de la vitrine de l'opticien d'à côté, afficha son plus beau sourire et, sans hésiter, poussa la porte de l'agence immobilière.

Le carillon sonne. Trois notes électroniques. Inoubliables. Il est des sons, comme des odeurs, qui imprègnent si profondément le vécu que leur simple évocation suffit à se replonger dans l'évènement associé. D'en faire ressurgir chaque émotion, chaque détail. Comme si le souvenir de l'instant ne suffisait pas et qu'il fallait lui rajouter la puissance des sens pour en démontrer la permanence. En franchissant le seuil, Roméo s'empêche de la regarder. Ne pas croiser son regard. Pas encore. Son esprit se concentre sur le négligeable. Le carillon et ses trois notes légèrement nasillardes. Une plante verte, sûrement un ficus, peut-être en plastique. Un canapé en simili cuir qui invite à patienter. L'halogène chromé et sa lumière au plafond pour l'ambiance feutrée. Il y a des revues d'architectures sur une table basse. Le bruit de la rue qui s'étouffe quand la porte vitrée se referme derrière lui. Non, ne pas relever la tête. Pas encore. Patienter quelques secondes de plus. Le parquet en point de Hongrie à la patine ancienne. Sur la gauche, une poutre verticale mal décapée, à moitié rouillée pour l'effet industriel. Le carillon qui se répète et s'asphyxie. Ses trois notes qui resteront à jamais le signal du début de sa vieillesse. Car, si la jeunesse consiste à espérer un avenir, devenir vieux commence le jour où l'on décide de réinventer son passé.

Roméo redresse lentement la tête. Comme prise en faute, Judith s'est arrêtée de manger et a caché les reliefs de son repas quelque part sous son bureau. D'un geste rapide, elle se recoiffe, puis lance un sourire franc et commercial à son visiteur. Roméo voit qu'elle ne le reconnaît pas. Il ne bouge pas et attend une réaction. Un signe. Une expression de son visage. Un trouble ou un sourire, pourquoi pas. Il redoute la peur mais se confronte au rien. Judith le regarde mais ne le voit pas. Roméo, les yeux grand-ouverts, parie sur l'immuabilité du bleu de leur iris pour la faire basculer. Mais non, le masque impersonnel du client lambda lui dénie tout intérêt. Et Judith, amène, se lève machinalement de son fauteuil pour venir l'accueillir. Ce n'est pas peu dire que Roméo est déçu. Ce genre de moment mérite la magie d'une comédie musicale hollywoodienne, les clameurs du chœur d'une tragédie antique. Il ne récolte là qu'une attention limitée et un sourire de circonstance. Et sans comprendre, ni les chemins tordus empruntés à l'intérieur de son cerveau, ni le pourquoi ni le timing d'une telle apparition, l'image du visage mutin de Marguerite vient alors s'accrocher à l'arrière de sa rétine.

— C'est moi…

La voix est tremblante. Roméo s'est raclé la gorge mais les deux syllabes ont quand même eu bien du mal à trouver leur chemin avant de sortir. Tout change subitement chez Judith. Le faux-sourire disparaît, la mâchoire se crispe. Les pupilles vont-et-viennent à l'intérieur des orbites tandis que la bouche s'assèche. Le froid raidit le cou. Le sang fuit le derme et laisse à la lividité le soin d'éteindre le visage. Cela dure ces quelques secondes qui, parfois dans la vie, se griment en éternité. Puis, presqu'au ralenti, un soubresaut lui secoue le corps. Le ciel tournoie. Elle semble manquer d'air. Ses mains cherchent un appui. Sans succès. Alors, elle ouvre la bouche et inspire bruyamment d'un coup. L'instant d'après, les connexions neuronales irradient à nouveau et triomphent du noir tandis que l'hémoglobine restaure ses fonctions vitales. Au terme d'une lutte acharnée contre elle-même, Judith parvient à garder conscience et équilibre.

Roméo se demande ce qui se passe, à cet instant précis, dans la tête de son ancienne femme. L'a-t-elle au moins reconnu ? Le rejet et l'incompréhension sont-ils ses seuls refuges possibles ? Les questions bastonnent son cerveau mais il ne bouge pas. Debout, immobile au milieu de l'agence, Roméo attend. Sans doute que quelque chose se passe. La foudre, une guerre nucléaire. N'importe quoi qui les extraie de cet état catatonique. Car Judith non plus n'arrive à esquisser le moindre geste. Ni à prononcer le moindre mot. Deux pantins plantés là.

Sur le chemin, Roméo avait pourtant préparé des choses à dire mais il a tout oublié, jusqu'aux raisons qui l'amènent ici. Il est incapable de définir ce qu'il ressent. Ou plutôt, si. Il se rend compte qu'il ne ressent rien. Absolument rien. N'est-ce pas ce qu'il a toujours fait, supprimer l'accès à ses propres émotions, s'extraire du réel et du temps présent, préférant divaguer à la recherche d'un graal malheureusement absent de la terre des hommes ? C'est alors qu'il se remémore les mots de Grim, avant que celui-ci, penaud, ne s'engouffre dans le métro pour rentrer chez lui : « C'est toi l'intrus dans l'histoire. Ne l'oublie pas. Les autres n'ont rien demandé. Ils ne te doivent rien. »

Roméo sait qu'il doit briser le silence et remplir de mots tous les vides. Parler pour expliquer, rassurer surtout. Lui donner à entendre sa voix. La réhabituer à sa compagnie. Peut-être lui dire qu'elle est toujours aussi belle. Qu'elle lui a manqué. Ou simplement commencer par lui demander comment ça va. L'interroger sur les études des filles. S'enquérir du nom du nouveau chien. Tenter de retrouver le privilège de ces discussions anodines qui forgent l'intimité. Mais non, rien ne vient. Roméo songe même à s'enfuir quand Judith murmure :

— Mais qui êtes-vous ? Qu'est-ce que vous faites là ?

Répondre à ces questions serait un bon début. Amorcer le dialogue et l'amener doucement à écouter. Lui raconter l'inexplicable et compter sur la puissance des liens pour triompher du sens commun. Mais pour ça, il faudrait déjà commencer par arrêter de faire l'imbécile. Ouvrir la bouche. Dire quelque chose.

— Je ne sais pas qui vous êtes mais vous n'êtes pas lui…

La voix se fait plus ferme. Judith croise les bras et semble attendre que Roméo s'en aille. Qu'il arrête de l'importuner avec son corps, sa voix, ses yeux qui ne sont pas à lui. Qu'il disparaisse et la laisse tranquille, libre de continuer sa nouvelle vie de veuve. Alors qu'il cherche vainement quelque chose à dire, Roméo se laisse envahir par des images mentales qui s'entrechoquent. Il revit l'humiliation et la course poursuite dans les rues du Mans. Son blouson en cuir qui pend au porte-manteau. Les vers qui grouillent et s'emparent du crâne de l'Autre. Laura en haut de l'escalier. Le train qui roule. Marguerite qui pleure. Si ce n'est pour lui interdire d'agir, Roméo ne comprend pas pourquoi ces stigmates viennent parasiter le moment. L'enfermer à l'extérieur, dans une boucle dysfonctionnelle.

— Dites-moi ce que vous voulez ou partez…

Roméo voudrait bien obtempérer. Détaler sans demander son reste. Mais il n'arrive pas plus à fuir qu'il n'arrive à parler. Qu'est-ce qui ne va pas chez lui ?

— Je ne sais pas si c'est une mauvaise plaisanterie ou quoi, mais vous n'avez pas…

Les derniers mots se perdent car Judith se met à pleurer. Doucement. En silence. Toujours immobile. Roméo scrute son visage. Il regarde les larmes perler de ses yeux et couler. Elles forment sur les joues des sillons au chemin aléatoire et charrient les limons cendrés du mascara. Parfois, elles se rejoignent au niveau du menton, semblent hésiter avant de se lancer dans le vide et de s'écraser sur le parquet.

Roméo ne veut pas que Judith soit triste. Cela devait être une bonne nouvelle. La victoire de la vie sur la mort. Du temps sur la fuite. De l'amour aussi. Alors, le cœur de Roméo, perclus dans un premier temps des larmes déversées, se rebelle. Jusqu'à ressusciter l'envie, et la tendresse, et les sons. Jusqu'à augurer de la consolation.

D'un coup, les mots, désordonnés, affluent, s'arriment entre eux et forment d'étranges phrases, sans verbe, sans ponctuation. Au sens incertain. Ils sortent d'une cavité tellement dissimulée qu'aucune archéologie ne pouvait même en soupçonner l'existence. La voix de Roméo est douce, analgésique. Elle conjure Judith d'en éprouver les énergies. Les pensées se font plus claires. Les mots dessinent alors les contours d'une histoire aux couleurs navrées. Et ne laissant plus aucune place au silence, ils contiennent les alarmes, et s'ils peinent à convaincre, parviennent cependant à sécher les larmes.

Roméo esquisse alors un mouvement en direction de Judith qu'il ne termine pas, comprenant trop tard que s'approcher va rompre le lien ténu de l'écoute. À son tour, le corps de Judith sort de l'immobilité. Elle se recule, jusqu'à heurter du bas du dos le plateau en chêne de son bureau. D'un geste de la main, elle implore Roméo de se tenir à distance.

— Mais tu es mort…

Ce tutoiement émeut Roméo. Tant, qu'il s'arrête de parler. Judith a toujours eu des intuitions fortes. Il y a dans cette distinction grammaticale les prémices d'une reconnexion. Quand les trajectoires acceptent une nouvelle fois les intersections. Que les réflexes des hommes abdiquent devant les gestes de l'invisible. Roméo sait ce qu'il lui reste à faire. À dire surtout. La preuve ultime. L'évidence qui emportera les doutes. Il sait que cela ne va pas être facile. Ni à dire, ni à entendre. Les blessures ont bien du mal à se refermer quand elles n'ont pas été soignées.

— Il y a plein de choses dont je pourrais te parler. Des moments qu'on a vécus, des mots qu'on s'est dit. Mais je sais que rien de tout cela n'arrivera à te convaincre. Judith, il n'y a qu'une seule chose qui le pourra et j'imagine que tu sais déjà de quoi je veux parler.

Judith fronce les sourcils et réfléchit. Puis, elle porte lentement la main à sa bouche. D'un mouvement bref, sa tête esquisse un non avant que ses lèvres ne le murmurent. En parler, c'est faire revivre ce qui a tué leur amour. C'est raviver la souffrance. C'est donner chair à ce qu'ils ont préféré taire à jamais. Judith était enceinte. La perspective de devenir père avait rapidement plongé Roméo dans d'affreuses angoisses existentielles. Il ne dormait plus. En quelques semaines, le couple chavirait. Les engueulades avaient remplacé la joie d'un bonheur prématuré. Si bien que Roméo avait fini par convaincre Judith d'avorter. Ils avaient ensuite inventé l'histoire de l'œuf clair pour réconforter l'entourage. Un secret devenu tabou.

Qui que tu sois,

Je ne sais pas comment t'appeler. En tous cas, pas Roméo. Tu as perdu le droit de porter ce nom. C'était celui d'un homme qui a disparu de ma vie. Soit parce qu'il est mort, soit parce qu'il m'a trahie.

Si je t'écris aujourd'hui, c'est parce que je ne vois aucun autre moyen d'arriver à communiquer avec toi. Depuis ce jour à l'agence où tu t'es permis de venir dégommer ma vie, tu me sollicites. Pour t'expliquer me dis-tu. Mais je suis bien incapable de t'écouter. Encore moins de te voir. Mon répondeur est plein de tes messages que je n'écoute plus. Entendre ta voix me donne envie de vomir.

Cette lettre sera sans doute un peu confuse, comme le sont mes pensées, mais c'est le maximum que je puisse faire. Et je trouve que c'est déjà beaucoup. Je te demande de respecter cela mais en seras-tu capable ? Le respect, ou l'empathie, ou même l'amour sont à l'évidence des notions qui te sont étrangères.

La première chose qui me vient à l'esprit, c'est pourquoi ? Je me fiche de savoir s'il existe des mondes parallèles, des dieux, des aliens ou mêmes des révolutions métaphysiques en cours. Je me fiche de la grande histoire, de ce que ça veut dire pour l'avenir de l'humanité. Je me fiche d'écouter tes explications qui n'arriveront jamais à rien justifier. Je me demande juste pourquoi un être humain peut délibérément tromper et abandonner de la sorte ceux qu'il prétend aimer. Qu'avons-nous fait, avec les filles, pour être à ce point négligeables ? Tu avais le droit de choisir ta vie, t'en aller si c'était ton souhait. Pas celui de jouer avec nos existences et nous forcer à vivre, aimer, baiser pour moi, avec un inconnu.

Je me sens tellement sale. Piétinée. Tu n'as pas fait que m'abandonner. Tu m'as offerte, bradée. Pire qu'une esclave. Pire qu'un chien. Je ne sais pas qui tu es, je ne sais plus si tu es mort. Je ne sais rien de ce que tu veux. Mais je sais une chose. Cette merde que tu as déversée sur ma vie a définitivement anéanti chez moi la confiance. Cette chose si fragile, seul rempart à la solitude d'une vie. Et pour ça, je t'en voudrai jusqu'au tombeau.

Je ne pensais pas être en colère. Et pourtant, en t'écrivant, c'est un sentiment qui m'envahit. Oui, je te déteste pour cette fausse vie que tu nous as forcé à vivre. Comment croire désormais à la moindre parole ? Comment penser, ressentir, aimer à nouveau ? Puisque les instants étaient faux et les sincérités illusoires. Ton retour révèle que le réel n'a ni frontière ni vérité. Que mon existence et toutes mes certitudes sont sans valeur. Je préfèrerais tellement que tu sois fou. Ou bien mort. Si seulement… Ta mort, enfin sa mort, a été la douleur la plus intense que j'aie jamais ressentie. Tu vois, rien de ce que j'ai vécu avec toi n'était vrai, pas même cette souffrance ultime.

En réapparaissant, c'est vingt ans de ma vie que tu mets à la poubelle. Pourquoi m'infliger ça ? Tu aurais pu te taire, nous préserver. Et puis lui, qui était-il ? D'où venait-il ? Étiez-vous d'accord ? Quand avez-vous échangé vos places ? Tu vois, je ne sais rien. Je ne suis qu'une pauvre fille qu'on peut abuser à loisir. Je n'ai rien vu. Rien compris. Sans doute, je mérite un peu ce qui m'arrive mais sache que je ne te pardonne pas et que je ne fermerai pas ma gueule. Non, je suis en colère. Je t'en veux. Va te faire foutre.

Tu débarques du passé, imaginant sans doute que le monde s'est arrêté de tourner pendant ton absence et que tu vas reprendre ta place comme si de rien n'était. Foutaises ! Dix ans, c'est long, c'est presqu'une vie. Il s'en est passé, des choses. Et des jolies. Que je ne regrette pas une seule seconde mais sache que je ne t'en accorde aucun crédit. Ton égoïsme, ton cynisme et tant d'autres mots en isme t'interdisent désormais de revendiquer le moindre rôle dans ma vie.

Je ne cherche pas à refaire l'histoire. Il y a des choses gravées à jamais. Notre rencontre, les années de vie commune, cette famille que nous avons su créer. Et même ce projet d'enfant. Ces souvenirs font partie de moi, ils me constituent. Que tu sois vivant ou mort, que tu sois toi ou un autre, cela ne change finalement rien à l'affaire.

Certes, nous n'étions plus très heureux ensemble et notre connexion des débuts s'était dissoute dans un quotidien merdique. Nous n'avons pas non plus toujours été fidèles l'un envers l'autre. Et puis, il est indéniable que renoncer à cet enfant fut la plus difficile décision de ma vie et que je la regrette encore. Mais ce sont des obstacles que rencontrent tous les couples, non ? De ceux qui cimentent les cœurs et les destins quand on les surmonte. Enfin, c'est ce que je croyais. Puisque c'est ce qui s'est passé.

J'ai réfléchi aux dates. J'ai reconstitué la chronologie. Effectivement, après ton départ, les choses de la vie se sont améliorées. Il était plus gentil, plus à l'écoute. À l'époque, j'avais mis ça sur le compte de ta culpabilité liée à l'avortement. Tu faisais des efforts (enfin lui) pour préserver l'essentiel. Jusqu'à me soutenir dans ma reconversion professionnelle. Cela ne te ressemblait pas et je t'en étais tellement reconnaissante. Quand je pense que ce n'était pas toi…

Je pourrais me venger, ça serait facile. Te blesser. T'écrire que c'était mieux avec lui, que nous avions gagné au change. Mais ça serait mentir. Et la vérité, vois-tu, ça veut encore dire quelque chose pour moi.

Je n'ai rien vu de la substitution. Physiquement parlant, vous étiez les mêmes. Le corps, les gestes, tout était pareil, comment pouviez-vous être aussi semblables ? Jusqu'à l'odeur. C'est dingue de se dire que rien ne m'a jamais alertée. L'intuition féminine normalement ne se trompe pas. S'il n'était mort dans mes bras, jamais je ne pourrais croire à ton histoire.

Un jour, je pense que j'aurai besoin de savoir qui il était. Combler les trous. Parce que là, je ne sais plus rien. Qui j'ai aimé. Qui je pleure. Mais sache que je ne l'absous de rien non plus. Il m'a tout autant dupée que toi. Je ne peux juste pas lui reprocher d'être parti.

Avant son cancer, nous avions envisagé de nous séparer. Enfin moi surtout, puisque j'avais rencontré quelqu'un. Est-ce cela qui a déclenché sa maladie ? Je ne sais pas, peut-être. En tous cas, je ne suis pas partie et j'ai décidé de combattre à ses côtés. Être là, l'un pour l'autre, c'est ce que font les âmes-sœurs dans la vie, non ? Je ne sais pas pourquoi je te raconte ça. Je ne l'ai dit à personne. Tu vois, jusqu'à l'autre jour et ton irruption à l'agence, je pensais t'avoir tué. Quelle ironie !

Il savait qu'il allait mourir et il a joué son rôle jusqu'au bout. Il ne m'a jamais rien dit de votre secret, et j'ai cru t'avoir définitivement perdu le jour où il est mort. Alors, une partie de moi est tout de même contente que tu existes encore. Je dois bien l'avouer, je te préfère vivant que trépassé mais, comme je te l'ai écrit plus haut, je ne t'autorise pas à revenir dans ma vie. Encore moins dans celle des filles, elles ont déjà assez morflé. Mais le fait que sa mort ne mette pas un terme définitif à notre relation me remplit d'un sentiment étrange. Un peu doux. Comme si la vie, en me rétrocédant quelques résidus sensibles, voulait en compenser l'aberration.

Tu vois, dans cette lettre, je te parle de moi le plus sincèrement possible. Et au fil des mots, la colère s'est manifestement éloignée. Je ne la relirai pas, j'aurais bien trop peur de me trouver complètement cinglée. Ton histoire est plus qu'invraisemblable, et pourtant je n'arrive pas à ne pas y croire un peu. Peut-être suis-je une nouvelle fois en train de me faire avoir.

Il paraît que les mensonges les plus gros sont ceux qui ont le plus de chance d'être crus. Jusqu'il y a peu, je ne te croyais pas manipulateur. Ni pervers. Je ne te connaissais ni jumeau, ni famille. Je te pensais même disparu à jamais. Puisque la mort n'est plus d'actualité, un esprit retors remettrait tout le reste en question. Il te soupçonnerait d'arnaques ou d'abus possibles. Il verrait dans ton retour un danger dont il faut absolument se protéger. Mais vois-tu, je n'ai pas peur. C'est pour ça que je t'écris. Que tu saches que tu ne peux plus m'atteindre ni te jouer de moi puisque ma vie a pris une nouvelle direction. Je suis amoureuse et je revis les joies et les élans qui nous avaient fuis depuis si longtemps. Il s'appelle David et il occupe toute la place. Bientôt je le présenterai aux filles. Je pense qu'il est important que tu le saches.

Il me reste une chose à te dire. Ce qui m'a frappée dans toutes tes tentatives d'explication, c'est ton besoin de te justifier. De parler de toi. De toujours te mettre au centre. Tu ne m'as jamais demandé comment j'allais. Tu ne t'es pas non plus vraiment excusé. Peut-être, ne vois-tu pas la souffrance que tes actes induisent. Peut-être es-tu comme ces victimes d'AVC dont le cerveau ne distingue que la moitié des choses et néglige l'autre moitié du champ visuel. Tu m'as dit que tu avais beaucoup voyagé, fait tant de découvertes. Je n'arrive pas à m'en réjouir. Je me demande juste quelle est la partie du monde que tu n'as pas su y voir. Qui sont les gens qui n'ont pas eu le droit d'y exister ? Quels sont les sentiments qui y ont succombé ? Sommes-nous nombreux à remplir cette autre moitié de l'espace ?

Cette question rhétorique n'appelle évidemment aucune réponse, tout comme cette lettre n'autorise aucun rapprochement.

Qui que tu sois,

Judith

Tagadam… Tagadam… Le bruit métallique des roues sur les rails est le même qu'il y a vingt ans. Roméo fait le voyage retour. Direction Le Mans. Wagon climatisé. Quelques silhouettes indolentes. Cinquante-neuf minutes qui effacent les tribulations de deux décennies de vie dont il met de plus en plus souvent la réalité en doute. Le front collé à la vitre, ses pensées se perdent dans le défilement des champs moissonnés. L'image des nuages qui s'amoncellent à l'horizon accentue la mélancolie qui s'empare de lui ces derniers temps. Les retours sont presque toujours des aveux d'échec. Des débuts de la fin, comme lorsque les éléphants se mettent en quête de leur cimetière. Tout au moins, l'envers du palindrome de l'existence. Quand la symétrie s'amuse à ordonner les figures d'une vie en introduisant le calme de l'harmonie là où il n'y avait jusqu'alors qu'effervescence et anarchies.

Roméo constate que les souvenirs sont des constructions cérébrales à géométrie variable. Tous ces détails, parfois insignifiants, qui restent ancrés en lui alors qu'il a oublié tant de choses, tant de gens de son histoire. Le Mans, et ce passé vers lequel il retourne aujourd'hui, se résument au regard mutin de Marguerite dont l'image s'impose de plus en plus souvent. Rien de son enfance ni de sa famille n'a sa place dans ses annales. Aucun événement marquant de l'époque. Aucun sentiment. Un grand flou, tout au plus. La mise au point des souvenirs ne se fait visiblement qu'en fonction de l'intérêt qu'on leur porte.

Roméo ne sait pas exactement ce qu'il vient chercher. Sans doute fuit-il cette drôle de vie dans laquelle il s'était provisoirement installé et bien trop longtemps attardé. Des semaines à tourner en rond. À s'accommoder d'interactions humaines finalement décevantes. À oublier le pourquoi des quêtes. Jusqu'à devoir s'extraire d'un quotidien immobile qui commençait à lui convenir. Preuve, s'il en fallait, de l'urgence à déguerpir.

Le temps passé tout comme l'énergie déployée pour recréer un lien avec Judith se sont révélés payants. Des jours de présence à distance pour l'amener à baisser la garde. Judith a tout d'abord lutté, s'enfermant dans une rancœur résolue, puis s'est finalement laissé convaincre par la bienveillante insistance de Roméo. Ils se sont revus. Quelques instants au début. Puis les rencontres se sont faites plus longues, plus régulières. Les tensions se sont apaisées, et Judith a ouvert la porte. Elle y a mis des conditions. Ne pas impliquer les filles. Garder la maîtrise du calendrier et de la fréquence des rendez-vous. Et pouvoir y mettre un terme à tout moment. Roméo a évidemment accepté, trop heureux d'avoir atteint son objectif.

Ils se voyaient dans un café de la rue Cambronne. Judith s'y installait, toujours en face de la porte, vue sur la fuite, si nécessaire. Dès le début, elle monopolisa la parole. Elle raconta la vie avec l'Autre. La maladie. Le désamour. Longuement. En circonvolution. Se répétant. Se reprenant pour ajouter une précision ici ou là. Elle parlait sans s'arrêter d'une voix monocorde, le regard dans le vide, ne laissant aucun espace pour qu'un dialogue puisse naître entre eux. Judith repoussait l'inévitable questionnement sur la présence et l'existence de Roméo, préférant s'appesantir sur les détails anodins de la vie avec l'Autre plutôt que de se confronter à l'inconcevable.

Lorsqu'ils se quittaient, ou se retrouvaient, ils ne se saluaient pas. Ils faisaient bien attention à ne jamais se toucher. Rien qui ne trahisse un lien ou le souvenir d'un lien. Et à chaque rendez-vous, Judith reprenait là où elle s'était arrêtée. Elle avait besoin de parler. De se justifier. Roméo vivant, lui donnait une chance de se libérer de la culpabilité de la mort de l'Autre. Elle raconta ses derniers instants, la peau qui se défait de sa couleur, les membres qui n'arrêtent plus de trembler, les râles absorbés par le silence, les sphincters qui se relâchent, la peur infinie dans le regard de celui qui comprend que les derniers instants se dérobent, les mots d'adieu impossibles à prononcer et le soulagement quand l'ultime souffle vient mettre un terme au calvaire. Judith avoua avoir régulièrement déserté sa mission et lâché la main du mourant, le laissant seul. Longtemps parfois. Elle confessa aussi le dégoût de son corps, l'impossibilité de le regarder, encore moins de le toucher, une fois que la vie l'avait déserté.

Romeo écoutait mais n'arrivait pas à ne pas s'ennuyer. Il feignait l'intérêt mais se sentait spectateur d'une histoire qui n'était pas la sienne. S'il avait voulu la vivre, il ne serait pas parti. À chaque nouveau rendez-vous, Roméo se demandait ce qu'il venait y faire. Il lui arrivait même d'être en retard. Et c'est sans doute pour ne pas décevoir Grim et son enthousiasme qu'il y retournait. Le parleur avait une soif jamais étanchée des détails de cette histoire et entendait les compiler jusqu'en percer le mystère. Chaque jour ou presque, il échafaudait une nouvelle théorie et pouvait en parler pendant des heures. Si bien que Roméo ne savait plus très bien si la recherche de la vérité était toujours sienne ou devenue le produit de l'empressement de son hôte.

Parfois, Roméo s'arrêtait d'écouter. Il regardait les lèvres de Judith remuer. Puis il remontait sur le nez, les yeux. Il s'attardait sur les tempes, le front et ses rides bientôt creusées. Il fixait les détails d'un visage qu'il avait tant chéri autrefois et qui aurait au moins dû l'attendrir. Mais non, la beauté bien que toujours éclatante de son dernier amour le laissait désormais indifférent. De ses traits, de ses attitudes ne jaillissait aucune nostalgie. Et ses mots se perdaient dans le brouhaha de son désintérêt. Tout cela n'avait-il donc servi qu'à ça ? Tout ce chemin, pour découvrir que l'amour qui s'en est allé ne se remplaçait par rien, tout au plus par du vide. Qu'il ne subsistait ni tristesse ni tendresse. Que l'ennui qui enflait, soulignait le poids de sa propre solitude. Quelle déception ! Quelle médiocrité ! L'extraordinaire aventure qui les avait conduits à se retrouver n'arriverait pas à camoufler le terrible constat. Tout sonnait faux entre eux. Ils n'avaient plus rien à se dire. Plus rien à partager. Deux étrangers.

Alors Roméo fit semblant. Il joua son rôle à la perfection. Quand ce fut son tour de parler, il raconta son histoire en y appuyant ses accents de sincérité. Il minimisa les raisons de son départ, s'abstint d'en inventorier les bonheurs. Roméo s'efforça de ne pas déplaire à Judith, traquant sur son visage tout signe d'agacement ou de rejet, et d'un commun accord non-dit, ils nouèrent, au fil des rencontres, une relation remplie de normalité et de faux-semblants. Bien sûr, le mystère demeurait entier concernant l'Autre, mais la théorie préférentielle de Judith, le clonage, permettait d'injecter le maximum de rationalité dans l'explication. D'ailleurs cessa-t-elle bien vite d'essayer de comprendre. Et se contenta de l'absolution silencieuse et post mortem de Roméo quant à son accompagnement défaillant de l'Autre vers la mort. Que Roméo soit en vie lui permit aussi d'assumer plus facilement l'avenir qu'elle se construisait. Une nouvelle famille, un nouveau départ. Avec David et les filles. Sans l'Autre, définitivement enterré. Sans Roméo, qui s'en trouva presque soulagé, quand lors de leur dernier rendez-vous, Judith lui présenta, pour approbation, l'homme qui allait désormais tenir le rôle qu'il avait déserté, il y a vingt ans. Ce jour-là, l'été étendait son voile radieux sur la ville. Les platanes commençaient à perdre leurs premières feuilles. Roméo salua le couple, se leva et sortit du café. Aucun mot d'adieu n'avait pas été prononcé mais il ne faisait aucun doute qu'ils ne se reverraient pas.

Roméo flâna dans les rues désertées de Paris avec une sensation de légèreté. Ou bien était-ce de vide ? Peu importe, tout était en ordre dans cette ancienne vie. Il avait compris qu'en y revenant, il n'y avait rien trouvé. Peut-être était-ce cela qu'il était venu chercher.

Dès lors, Roméo sut qu'il devait s'en aller et rattraper le temps perdu. Renouer avec sa mission. Se replonger dans le grand Aspirateur. Mais aussi continuer son entreprise de réappropriation de sa vie. De ses vies. Pour cela, il allait devoir dire adieu à Grim, et cette perspective effaça d'un coup le large sourire qui s'était dessiné sur son visage au cours de sa déambulation.

Grim était devenu ce qui se rapprochait le plus d'un ami. Roméo n'en avait jamais eu de véritable et pouvait donc difficilement comparer mais la présence du parleur à ses côtés depuis la mort de l'Autre, malgré ses discours interminables, ses sautes d'humeur, ses pizzas à l'ananas et ses pets intempestifs, lui avait fait découvrir une facette inconnue mais plus que précieuse des relations humaines.

Le paysage défile à grande vitesse. Les balles de foin disposées en pyramide donnent à la campagne sarthoise un air de vallée des rois. Au loin, les nuages se sont agglutinés en une masse sombre et homogène. Ils confirment l'arrivée des orages de chaleur que la miss météo d'une chaîne info a annoncé ce matin. Les roues sur les rails poursuivent leurs onomatopées cadencées. Roméo sort de sa poche son téléphone, y branche ses écouteurs et les ajuste dans ses oreilles.

Il sélectionne la playlist que Grim lui a confectionnée et offerte juste avant son départ. La musique commence. Évidemment, c'est Mozart. Le *Concerto n° 23*, l'adagio. Les notes de piano seront leurs adieux, les mots qu'ils n'ont pas su se dire. Roméo sent l'émotion le saisir et lorsque les cordes font leur apparition, il ne peut empêcher une larme de perler sur sa joue. S'il devait choisir un seul souvenir à préserver de son séjour, ce serait évidemment Grim. Cet être humain à la présence désintéressée et au soutien sans faille. Une rencontre en guise de mouvement vers l'avant quand tout le reste de sa vie semble n'être que déconstruction.

Le paysage ralentit. Les freins font crisser les roues sur les rails. Mozart se tait. Le Mans. Deux minutes d'arrêt.

La ville n'a pas changé. Enfin presque pas. Toujours ces rues anonymes et ces pavillons blafards. Ses autochtones dépenaillés et son activité en pointillé. Un tramway à la couleur hideuse, sorte de rouille orangée, traverse maintenant la cité. Quelques enseignes ont installé leur uniformité globalisée en vitrine dans la rue des Minimes, devenue piétonne. Le mobilier urbain, démodé avant même son installation, renforce le côté désuet de la cité qui l'a vu naître. Roméo arpente les rues avec ce regard critique, presque méprisant, de celui qui entend dissimuler l'infamie de ses origines et trouve dans le dénigrement un moyen d'en écarter la honte. Seule la vieille ville continue de trouver grâce à ses yeux. Ses rues pavées, ses façades médiévales à colombages. Ce décor de cinéma à ciel ouvert qui a vu Cyrano Depardieu venir y réciter ses alexandrins et mourir d'amour pour Roxane dans ce qui reste la plus flamboyante de toutes les impostures.

Quelques retraités profitent de la douceur de l'arrière-saison pour s'extasier devant le temps qui s'est arrêté ici, comme si l'absence de scorie contemporaine leur procurait, par un jeu d'appropriation, ou bien d'absorption, des velléités d'éternité.

Pur hasard – évidemment non – ses pas le portent de manière automatique sur les différents lieux qui ont bercé sa jeunesse. Roméo se surprend à retrouver des sensations depuis longtemps oubliées. Des images, des sons, des odeurs même. Comme si le passé se sentait obligé d'infuser instantanément la réalité. Le cordonnier et ses solvants. L'attente interminable au feu pour traverser le boulevard. La boulangerie et ses brioches au sucre. La façade de son coiffeur, et la tête de sa mère quand il en était revenu la boule à zéro. La cloche du collège qui sanctionnait, sans indulgence aucune, chacun de ses retards. Son auto-école et le premier échec patent de sa vie puisqu'il ne réussit jamais, malgré trois tentatives, à obtenir le permis. Une humiliation au pays des 24 heures.

La promenade de Roméo se voulait légère, elle se transforme en voyage introspectif inattendu et bouleversant, comme en témoigne la tachycardie qui lui cogne les veines des tempes et des poignets. Le voilà maintenant devant sa maison. Celle de son enfance. Roméo a retrouvé l'endroit sans se souvenir de l'adresse. Sans doute un réflexe conditionné de l'orientation tapi au fond de sa mémoire qui a sagement attendu ce jour pour ressurgir. L'habitation est petite, vulgaire cube coincé entre un immeuble en construction et un pavillon des années cinquante au crépi rose, protégé par un molosse gueulard. Roméo la regarde à peine. Ses proportions, les matériaux de construction employés, son manque d'entretien, tout le renvoie à ses origines modestes, et des relents de honte, peut-être même de dégout, remontent de ses entrailles et lui dégoulinent dans la bouche. Quel besoin de revenir ici ? Ses parents n'y habitent plus depuis longtemps. Certes, c'est le point de départ de l'histoire, de son histoire. Mais il n'est pas stupide au point de devoir en matérialiser les symboles, pire d'en consacrer des lieux de pèlerinage. Surtout que cet endroit n'a jamais résonné d'un quelconque bonheur. Seulement de l'ennui. Seulement de la peur de n'avoir jamais d'autre choix que celui de l'immobilité.

Alors Roméo tourne les talons, bien décidé à ne jamais revenir mais ne peut s'empêcher un dernier regard, et c'est l'image bien nette de ses parents, encore jeunes, enlacés et souriants sur le perron de la maison qui lui apparaît et le désarçonne. Il ne les a plus revus depuis son départ pour Paris. Ni eux, ni son frère ni sa sœur. Quelques contacts à peine les premières années. Un joyeux anniversaire ou une bonne année. Puis rapidement plus rien. Roméo s'était facilement convaincu que toute autre attitude ne serait que source insurmontable de problèmes. Avec le Premier Autre, puis avec l'Autre, comment savoir qui disait quoi, qui faisait quoi ?

Roméo peine à retrouver le chemin de l'hôtel et presse le pas. Au détour d'une rue, il reconnaît le bruit incessant des voitures sous le pont Wilbur-Wright d'où, selon la rumeur à l'époque, de nombreux jeunes dépressifs s'étaient jetés avant que la mairie n'installe des filets anti-suicide. Roméo essaye de chasser les idées sombres qui le traversent alors que le soleil se couche et que la pénombre s'installe. Fait chier le passé, font chier les fardeaux. Lui qui a longtemps cru qu'il s'en était délesté.

Son hôtel, il l'a choisi place du Cardinal-Grente, vue directe sur la cathédrale et le lycée Montesquieu, là où il a trainé ses guêtres d'adolescent et passé le bac. Une chambre avec lit à baldaquin et petite dentelle aux fenêtres. Sanitaires hors d'âge mais wifi efficace. Ça sent l'encaustique et la naphtaline. À peine rentré, Roméo s'installe sur le lit et envoie valser ses baskets en direction du fauteuil Empire défraichi où s'empile le désordre de ses vêtements. Il n'a pas faim et ne ressortira pas pour dîner. Une bière du mini bar fera l'affaire.

Roméo allume son ordinateur, un *vieux machin* que Grim n'utilisait plus. Le parleur lui en a vite appris les rudiments lorsqu'ils enquêtaient sur l'existence de l'Autre. Dans ses voyages, Roméo s'était volontairement tenu à distance de tout ce qui touchait à l'informatique. Il n'est en rien technophobe, nombre de ses inventions ont recours aux microprocesseurs, mais il n'avait jamais ressenti le besoin d'affaiblir l'imaginaire par l'utilisation quotidienne de cet outil. En quelques clics, la quête de son empreinte mancelle reprend. Sur le site du lycée Montesquieu sont rangées par années toutes les photos de classe, certaines datant du début du XXe siècle. Roméo se cherche. Il fait défiler les photos. Il croit parfois reconnaître certaines têtes mais ne se trouve pas. Roméo comprend alors qu'il a oublié son visage de l'époque. Même celui d'aujourd'hui, il n'est pas vraiment sûr de le connaître. Certes, il l'entrevoit dans le miroir des salles de bain mais jamais il ne s'arrête pour l'observer. Il n'a pas la conscience de ses traits, se fout de son apparence. Et se contente de la certitude que ses yeux impactent suffisamment les autres au point de lui apporter la preuve de son existence. Finalement, par déduction, il se retrouve. Milieu des années quatre-vingt. Seconde 7. Première S2. Terminale D4. Toujours au dernier rang. Un échalas mal à l'aise, de l'acné juvénile. Un visage anonyme qui le regarde, qui lui ressemble. Un visage dont Roméo mémorise les contours et qu'il accepte d'être le sien. Cette plongée en nostalgie lui câline l'égo et le pousse à continuer ses recherches. Il tape le nom de Marguerite dans *Google*, et face aux trop nombreux résultats, il choisit d'appeler Grim.

— Salut.

— Je sais pourquoi tu m'appelles.

— Ah ouais ?

— Marguerite. C'est facile.

— Je suis aussi prévisible que ça ?

— C'est clair. Bon, j'ai anticipé, je t'ai mâché le travail. Je t'envoie un mail avec tous ses profils sur les réseaux sociaux. Elle est hyper active, c'était un jeu d'enfant. Tu vas la revoir ?

— Je ne sais pas encore.

Grim n'a pas menti. Marguerite inonde la toile de ses photos et ses états d'âme. Elle n'a pas dû se marier, ou peut-être est-elle divorcée. Lefebvre. Marguerite Lefebvre. Toujours le même nom de famille. Toujours ces cheveux blonds et le front bombé. Mais les pommettes sont moins hautes, un sourire lassé a remplacé les lèvres charnues, l'air espiègle s'est dissout dans le marécage des défaites de la vie. Roméo fait défiler ses publications. Il y a des citations du *Petit Prince*. Des chansons de Véronique Sanson. Marguerite soutient les droits des femmes et défile contre le racisme. Elle commet des petits textes qui transpirent la naïveté, parfois l'aigreur. *Toujours écouter la petite voix du fond de notre enfance Ne jamais renoncer à être soi-même. Même si c'est dur. Et advienne que pourra.* Si la beauté initiale, celle de l'enfance, est un cadeau, la beauté des adultes est une victoire. Puisque les traits se forment et se déforment au gré des accidents de la vie et que chaque être humain est responsable du visage qu'il se sera façonné. Les expressions ne mentent pas. Les rides, les signes du temps figurent l'histoire individuelle mieux que n'importe quelle confidence. Et chez Marguerite, malgré le maquillage et les filtres photos, le temps a creusé sur son visage des sillons de regrets.

Il est tard. Presque minuit. Dehors les lumières de la ville se sont éteintes, et les pavés de la rue ne luisent plus que du reflet de la lune. Roméo n'a pas bougé de son lit, a oublié de boire sa bière. Il s'est égaré dans la vie numérique de son ex, et frustré de ne pouvoir interagir, s'est créé un profil pour la contacter. Un petit rond vert à côté de sa photo miniature indique qu'elle est en ligne. Il ne sait pas comment s'y prendre et se fend d'un banal « bonsoir ». Roméo a mis une photo en couleur pour faire ressortir ses yeux mais a menti sur son identité. Il ne risque rien, caché derrière son écran et ne considère pas ce subterfuge comme une tromperie, tout juste une petite lâcheté qu'autorisent les lois du virtuel. Au bout de quelques minutes, Marguerite répond. S'ensuit une conversation étrange, ponctuée de smileys, où Marguerite ne s'embarrasse d'aucun préalable de courtoisie. Les questions sont directes. Roméo comprend que les réponses sont éliminatoires. Tu es marié ? Tu as des enfants ? Que recherches-tu ? Roméo s'applique à donner les réponses attendues et réussit le test haut la main. Alors Marguerite détaille à son tour les éléments de sa vie qu'elle croit bon de devoir partager. Elle est célibataire et prétend avoir 40 ans. Elle n'a pas d'enfant puisqu'elle n'a pas encore rencontré le père idéal. Elle s'est longtemps oubliée dans des histoires avec des hommes qui n'en valaient pas la peine et n'a plus aujourd'hui le temps de perdre du temps. Elle préfère annoncer la couleur, tant pis pour la poésie. Puis elle enchaîne :

— Tu as des sacrés beaux yeux tu sais ? C'est bien toi sur la photo ? Il y a longtemps, j'étais un bébé, j'ai connu quelqu'un qui avait des yeux comme toi.

— Et ?

— Rien. Un sombre connard.

La coiffeuse semble fière du résultat. À l'aide d'un miroir à main, elle tourne autour de Roméo pour lui présenter son œuvre. Elle minaude et s'attarde sur les détails de la coupe. Des côtés courts légèrement dégradés, un rien de longueur sur le dessus et un mouvement flou hyper tendance pour la mèche de devant. Maintenant que la mission est accomplie, Roméo n'a qu'une seule hâte, celle de fuir ce *Beau de l'hair* – hommage patronymique et sans doute involontaire d'un artisan coiffeur à celui qui magnifia la chevelure de Jeanne Duval dans ses *Fleurs du mal* – et surtout que la demoiselle cesse ses péroraisons. Mais celle-ci ne l'entend pas de cette oreille et insiste pour prolonger le supplice et lui appliquer, du bout des doigts, une cire coiffante au parfum capiteux.

Ce matin, Roméo est allé s'acheter une chemise et des chaussures de ville. Il ne lui restera plus qu'à se raser de près pour s'éloigner du look immuable qu'il trimbale depuis son adolescence. Jean, basket, tee-shirt et crinière sauvage. Un savant mélange de rocker désabusé et d'ado attardé qui pourrait, à l'évidence, éveiller les soupçons de Marguerite lors de leur rendez-vous de ce soir.

Depuis deux jours, leurs échanges virtuels se sont intensifiés, les accaparant de longues heures durant. Pêle-mêle, des bavardages sur leur parcours personnel, des généralités autour du sentiment amoureux ou de leur condition de célibataire, parfois des confidences sur leurs goûts. Roméo fait en sorte de poser beaucoup de questions pour éviter de s'embrouiller dans les baratins qu'il se sent obligé de servir. Tactique couronnée de succès puisque Marguerite en profite pour confisquer la parole. Roméo se souvient qu'elle a toujours été volubile. À l'époque, elle pouvait passer des heures à parler de tout, de rien. Ses amis, les fringues à la mode, le dernier film du box-office. Une pensée sans profondeur certes, mais son rire enfantin qui jaillissait à l'improviste entre deux phrases sonnait comme une invitation à toutes les indulgences. Là, son nombril l'accapare et Marguerite multiplie les récriminations envers un monde qui n'a pas tenu les promesses, qu'à sa naissance, il lui avait faites. Un voile de négativité plane sur leur conversation. Alors, Roméo tente par des saillies humoristiques d'en alléger le ton. Puis, il distille propos charmants et réflexions pseudo-existentielles. Il va même jusqu'à la complimenter. Oui, elle est très jolie sur ses photos. Non, elle ne fait pas son âge. Roméo voit bien qu'il veut lui plaire à tout prix mais n'en saisit pas la raison. Bien sûr, il a une revanche à prendre mais ça ne peut suffire à expliquer tous ces subterfuges auxquels il a recours.

Le plus étrange, ce sont ces émotions périphériques qui viennent phagocyter son but initial et sa volonté de contrôle. Il y a dans l'attente d'un prochain message, dans l'élaboration d'une réponse et la projection de l'effet qu'elle procurera, tous les ressorts d'un érotisme 2.0. Dans cet univers virtuel, le lien si vite créé chamboule les repères. Il fabrique une excitation cérébrale alimentée par le flot des mots et leur effet masturbatoire. Roméo est troublé. Une étrange libido s'est éveillée en lui et Marguerite en est la récipiendaire. Comme si les frissons de l'affabulation et du travestissement, ces jeux qu'il découvre en même temps qu'il les pratique, parvenaient à extraire cette femme de son passé pour en placer l'image au cœur de fantasmes à venir. Comme si le présent utilisait la fiction pour reprendre la main sur le cours des choses.

C'est Roméo qui a proposé une rencontre. Marguerite n'a pas hésité longtemps et lui a laissé le choix du lieu et de l'heure. Elle a précisé qu'elle était toujours ponctuelle, une politesse héritée de son éducation petite-bourgeoise. Roméo est donc arrivé en avance et fait les cent pas devant *Le fou du Roy*, petit restaurant niché au rez-de-chaussée d'une bâtisse du Moyen Âge, choisi pour le cadre élégant et la cuisine inventive qu'un bloggeur vante sur le net. Roméo l'entend arriver. Ses haut talons cliquettent sur les pavés derrière lui. Fébrile, il attend pour se retourner. Va-t-elle le reconnaître ? Quelle drôle d'idée de ne pas s'être posé la question plus tôt ! Doucement, il pivote sur lui-même et, au premier regard, perd instantanément ses moyens.

— Bonsoir. Tu es plus grand que je l'imaginais.

Marguerite a fait tinter un tout petit rire à la fin de sa phrase. Roméo, lui, n'arrive rien à bredouiller d'intelligible. Elle s'approche et se rehausse pour l'embrasser. Les mêmes gestes, la même peau, le même parfum. La même façon d'être Marguerite. Vingt ans qui s'évanouissent en un instant. Se peut-il qu'elle ne le reconnaisse pas, alors que tout en elle rallume chez lui des brasiers qu'il croyait ensevelis ? Roméo tente de rester impassible mais doute du succès de l'entreprise. Le tocsin, le feu, les sirènes. Ça clignote, ça klaxonne à l'intérieur. C'est une joie. C'est une souffrance. La blessure se rouvre, le traumatisme est toujours là. Oh Marguerite, est-il possible de t'aimer et de t'en vouloir encore autant ?

Des tapisseries aux murs, des bougeoirs sur les tables, et une chouette empaillée dans un coin de la salle, le restaurant doit faire le bonheur des touristes américains. Roméo n'a pas encore réussi à articuler le moindre mot qu'ils sont déjà installés en tête à tête, à l'écart d'un groupe de septuagénaires piaillards. Le regard de Marguerite est inquisiteur. À sa manière de l'examiner, d'étudier chacun de ses détails, Roméo comprend qu'elle le découvre pour la première fois. Il en est soulagé et arrête de martyriser, sous la table, sa serviette avec ses mains.

— Que tu es belle !

C'est vrai qu'elle belle. Le visage un peu plus sec. Des paupières qui s'inclinent. Des rides aux commissures des lèvres qui dessinent quelques chemins sans issue. Mais non, Marguerite n'a pas changé. Elle est vivante. Réelle. Et, bien moins triste que sur ses photos.

À cet instant, sans doute aidé par l'effet désinhibiteur du champagne servi à l'apéritif, Roméo décide de se libérer. Du souvenir de cet amour qui lui a été dérobé. Des regrets de sa fuite et de son incapacité à se battre pour lui. De la haine envers le Premier Autre et de son coup en traître sur la tête. Oublier ses vies d'après. Judith. Les filles. Ses voyages et leurs kilomètres de solitude. Le grand Aspirateur. L'Autre et ses asticots dans les orbites. Grim. Même Mozart. Et surtout soigner cette blessure à l'ego qui saigne manifestement encore. Retrouver sa capacité à inventer. Profiter de cette virginité inespérée pour reconquérir Marguerite. Les compteurs à zéro.

Le repas se termine. Ils ont sans doute beaucoup parlé mais Roméo n'en a déjà plus aucun souvenir. Sauf ce moment au dessert quand Marguerite lui a glissé qu'il ne doit pas avoir peur, qu'elle ne recherche pas un géniteur. Et qu'elle a souri et lui a touché la main. C'est l'exact moment où Roméo a compris que son entreprise de séduction était terminée. Que cela avait été bien trop facile. Bien trop rapide. Et qu'il était désormais l'heure des embarras.

Il pourrait fuir. Partir en courant. Rejouer l'histoire et sauter dans un train pour la capitale. Tout du moins temporiser. Trouver des excuses. Mais la panique qui se superpose au désir n'arrive pas à lui concéder ces lâchetés. Il ne peut pas non plus revenir en arrière, il a déjà trop menti. Lui, qui a consacré les dix dernières années de sa vie à rechercher sa vérité. Lui, qui a préféré renoncer au monde des humains pour échapper à leurs mesquineries, le voilà, enveloppé de ses supercheries, qui avance vers un précipice mais s'interdit de penser à la chute. À la sortie du restaurant, la douceur de la nuit invite à une flânerie romantique. Roméo se dit qu'il devrait attirer Marguerite dans ses bras. Ou peut-être lui prendre la main. Mais il est tétanisé et n'arrive pas à interrompre leur déambulation silencieuse. L'ombre de ce gosse d'à peine 13 ans, le corps raidi, bien incapable d'esquisser le moindre mouvement pour embrasser Karine dans ce qui restera le premier slow de sa vie, s'invite à son souvenir. La boum célébrait l'anniversaire de sa cavalière, un canon aux cheveux courts et aux dents de la chance. Jimmy Cliff susurrait ses *Many rivers to cross*, les lumières s'étaient éteintes. Le monde et son cœur avaient cessé de battre. Mais rien ne vint troubler la défaite annoncée, et les regrets gravés ce jour-là n'ont jamais servi de leçon. S'il avait bravé sa peur et réussi à embrasser cette Karine, sa vie aurait-elle pris une tournure différente ? Aurait-il su composer avec l'amour, le romantisme ? Aurait-il pu se laisser aller à ressentir ? À se consacrer à une seule et même vie ? Car Roméo le sait, son éloignement du monde était aussi une dérobade. Une mise à distance du désir, des plaisirs, ces dangers qui asservissent et emprisonnent. Dans ses périples, la cadence de ses pas augmentait à mesure qu'il s'éloignait de ses émotions et des souffrances associées. Son corps n'était plus qu'un objet destiné à l'effort. Et c'est finalement dans une distance physique stricte qu'il pensa avoir trouvé une réponse à sa peur de l'abandon et à toutes les autres névroses qu'il se diagnostiquait.

Roméo sait déjà qu'il va attendre que Marguerite fasse le premier geste. Qu'elle lève son visage et qu'elle l'abandonne à ses lèvres. Ils sont bientôt arrivés en bas de chez elle et l'instant fatidique s'annonce. Un porche. Un lampadaire. Un couple qui s'embrasse. Le moment échappera au cliché car ce baiser aura le goût moelleux de la vengeance. Il remettra de l'ordre dans l'écheveau de ses vies. Il sera aussi la première étape du retour de Roméo à l'intérieur de son propre corps. Car le désir de posséder Marguerite, l'envie de lui faire l'amour dépasse la simple soif de réappropriation. Il y aura de la renaissance dans cette étreinte. Comme une promesse de retrouver son enveloppe originelle. Alors que Marguerite lui tend sa bouche et s'offre à la découverte, Roméo ferme les yeux et hésite. Il ne peut s'empêcher de s'inquiéter. Il n'a pas fait l'amour depuis des années et ne sait plus comment procéder. L'a-t-il jamais su ? Et puis, il paraît qu'à partir d'un certain âge, on n'arrive plus à bander.

Quand il entre en elle, Roméo retrouve instantanément les sensations de l'époque. Une mémoire sensorielle concentrée autour de son pénis qui reconnaît la volupté de la cavité envahie et la douce pression de ses chairs. Aucun bruit. A peine le souffle de leur respiration. Le noir qui les entoure camoufle les gestes maladroits. Roméo s'installe et s'immobilise. Une catalepsie volontaire pour profiter pleinement de l'instant. Ou serait-ce le moyen d'éviter la honte d'un orgasme prématuré ? Marguerite semble attendre le début des opérations mais Roméo, le corps arcbouté au-dessus d'elle, ne bouge toujours pas. Amarré, il se sent chez lui, comme lorsqu'on retrouve sa maison après un long voyage. Le confort de l'occupant qui connaît bien les lieux et s'enorgueillit d'en posséder les clés. Le moment s'éternise. Il sait qu'il devrait bouger. Onduler du bassin. Lui caresser les seins. L'embrasser. Répondre à l'injonction des performances qu'une première fois exige. Mais son seul geste est de fermer les yeux.

— Ça ne va pas ? souffle Marguerite.
— Tu crois qu'on s'en souviendra ?
— De quoi parles-tu ?
— Là, de nous, de maintenant. Les histoires d'amour, la vie, tout ça n'existe que si on en garde un souvenir, non ? Sinon ce n'est qu'un instant qui se perd dans la nuit.
— Tu ne veux pas me faire l'amour ?
— Si.
— Alors viens…

Marguerite enserre de ses jambes le corps de Roméo, et de ses mains lui agrippe les fesses. Elle initie un mouvement de va-et-vient et décide du rythme. Roméo retrouve les gestes de l'amour. L'impatience du désir. Les peaux qui se frottent. Les sueurs qui se mélangent. Il se souvient avoir lu un jour que l'attention portée à l'autre était la garantie d'une étreinte réussie. Alors, il s'applique, donne à ses mouvements amplitude et souplesse et s'interroge sur le degré de sensualité de ses ardeurs. Il tâche de s'emboîter, que son sexe épouse parfaitement l'intimité que lui autorise Marguerite à nouveau. Régulièrement, il cherche une approbation dans son regard mais sa maîtresse garde les yeux mi-clos. Des petits sons aigus s'échappent parfois de ses lèvres crispées lorsque Roméo s'enfonce.

Il n'y a jamais de réelle surprise à ranimer des plaisirs oubliés mais la félicité n'en est pas moindre pour autant. Roméo n'avait plus fait l'amour depuis si longtemps qu'il ne veut surtout pas que cela s'arrête. L'ivresse s'empare de ses sens. Son corps n'obéit plus qu'à son désir. La tentation de l'abandon surgit.

Mais Roméo, dans un réflexe de contrôle, s'extrait de l'extase en devenir. Il ne doit surtout pas jouir. Ne pas prendre le risque de ne pas pouvoir recommencer. Là, il bande. Sa bite est bien dure. Trop de choses se jouent dans ce lit en cet instant pour qu'un surplus d'émotion ne vienne en ruiner les plans.

Il ne doit pas oublier que la femme qu'il serre dans ses bras est celle qui l'a rejeté et remplacé. Il ne doit pas oublier que ce corps, qui frissonne quand il le caresse et dégage de délicates effluves florales, n'a jamais pris de plaisir avec lui. Il ne doit surtout pas oublier que l'adulte mature qu'il est devenu a contracté une dette envers le jeune homme bafoué de l'époque et que l'heure des comptes semble bientôt venue.

À l'évidence, leurs corps se retrouvent. Les mouvements se complètent et portent en eux les preuves d'un passé commun. Comment Marguerite ne peut-elle s'en rendre compte ? Les odeurs. Les gémissements. La forme des pieds, des mains, des sexes. Roméo retrouve même le modelé ouaté de sa langue quand il l'embrasse. Tout dans ces retrouvailles ressuscite chez lui des émotions initiales. L'époque lointaine des virginités. Sans le temps qui passe, sans la peur de vieillir. Que s'est-il donc passé chez Marguerite pour que ce ne soit pas son cas ? L'a-t-elle vraiment oublié ? Effacé comme une faute de frappe ? Alors qu'une pointe de ressentiment germe dans son esprit, Roméo se redresse, la retourne et la saisit par les hanches.

Le désir change alors de nature. Le besoin de posséder se substitue aux troublants émois des retrouvailles. À mesure que les souvenirs de la honte et de l'humiliation s'agrègent entre eux et colonisent son cerveau, Roméo augmente l'intensité du coït. L'envie de se venger, de récupérer son bien et sa dignité, remplace la prévenance dont il avait fait preuve jusqu'à présent et ce sont bientôt des coups de boutoir que Roméo inflige à sa partenaire.

— Doucement. Ça me fait un peu mal, lâche Marguerite en se défaisant de l'étreinte.

Roméo stoppe instantanément son assaut, conscient d'avoir laissé ses émotions déraper. Pourvu qu'elle n'ait pas vu la rage au fond de ses yeux.

— Pardon.

— Tu ne veux pas plutôt me lécher ?

C'est cash. Un peu trop sans doute mais Roméo saute sur l'occasion de se racheter. Il glisse vers le bas du lit et embrasse doucement les pieds de son amante, puis remonte le long des mollets, contourne les genoux, se concentre sur l'intérieur des cuisses. Marguerite s'abandonne et écarte un peu plus les jambes. Elle offre son sexe au regard de Roméo, puis à sa convoitise. Il s'approche. Sa langue, agile, furette autour de l'aine, du pubis mais évite la vulve. Il diffère le moment où il goûtera l'intimité de Marguerite pour la première fois. À l'époque, il n'avait jamais osé, ou su. Le cunnilingus n'était pas une pratique habituelle de sa sexualité. Et c'est entre les jambes de Judith, quelques années plus tard, qu'il s'était aguerri et avait découvert l'immense satisfaction de donner ainsi du plaisir. Judith était une adepte invétérée du sexe oral. Aucun rapport ne pouvait commencer ou finir sans un orgasme obtenu de la sorte. À force d'entraînement, Roméo était donc devenu un expert, et Judith aimait à lui répéter que sa langue avait inventé l'amour.

Il n'avait jamais vu le sexe de Marguerite d'aussi près. Rose, adolescent. Les lèvres sont petites, le clitoris gonflé. Roméo l'embrasse tout doucement. Puis il commence à le lécher. Avec délicatesse. Étonnamment, il n'a pas vraiment de goût. Ou bien si, légèrement sucré. Roméo se maudit d'être passé, à l'époque, à côté d'autant de douceur. Marguerite gémit et pose ses mains sur la tête de son amant. Avec de légères pressions de ses paumes, elle le guide. Roméo décode les envies de sa partenaire et concentre dès lors son appétit sur les zones les plus sensibles. Elle est peut-être, là sa revanche. La lécher comme personne auparavant. La faire jouir. Laver l'affront. Reprendre ce bien que lui a volé le Premier Autre. Remettre de l'ordre dans son histoire. Il espère un orgasme puissant, animal. De ceux qui font perdre la tête et génère tant de reconnaissance. Imprimer sa marque, s'extraire des ténèbres de l'oubli.

Le cerveau de Roméo ne cesse de mouliner depuis le début de leurs ébats. Au-dessus de la fusion des corps flotte en permanence le voile réconfortant du contrôle. Là, alors qu'il feint de s'abandonner et improvise une chorégraphie linguale inédite, il s'interroge sur la place des souvenirs dans la vie des gens. Et sur le besoin, à partir d'un certain âge, de se retourner sur son passé. La jeunesse est un mouvement vers l'avant qui permet toutes les découvertes et n'offre aucune place aux épluchures de la vie. Mais l'insouciance ne résistera pas au temps qui passe. Il semblerait bien que la nostalgie soit l'apanage de ceux qui n'ont plus beaucoup de place pour le futur. Retrouver des personnes, des situations, des sentiments éprouvés plutôt que de foncer vers l'inconnu. Se dire que le moment était seul responsable des échecs du passé et qu'habillé d'un autre temps, la vie pourrait bien offrir une issue différente. Alors, quoi ? Toute cette histoire ne serait qu'un moyen d'échapper à la trouille de devoir recommencer à zéro ? Roméo en est là de ses pensées lorsque le souffle de Marguerite d'un coup s'accélère. Son corps se raidit. Les muscles de ses cuisses se contractent et ceignent la tête de Roméo qui ralentit le rythme et l'intensité de ses variations buccales. Le plaisir est proche. Roméo sait que le retarder en accentuera la profondeur.

Quelques microsecondes de suspension où Marguerite semble suffoquer. Puis son corps se tord et délivre son plaisir par saccades presque douloureuses. Roméo s'arrête de bouger mais garde la tête coincée entre les cuisses de sa maîtresse. Il la regarde. Elle est encore plus belle aujourd'hui. Les veines de son cou continuent de palpiter mais son visage écarlate s'apaise. Bientôt, elle ouvre les yeux et le regarde à son tour. Quelle drôle de position pour une révélation.

— C'est dingue, tes yeux.

Roméo ne réagit pas, il a l'habitude.

— Exactement les mêmes…

Il redresse la tête :

— Comment ça ?

— Le seul homme que j'ai vraiment aimé, il avait les mêmes yeux que toi.

— Tu te rends compte que c'est un peu déplacé de me dire ça ? Tu viens de jouir. J'ai encore ma langue collée à ton sexe et tu me parles d'un autre homme.

— Je suis désolée mais ça m'a fait un choc.

Roméo n'arrive pas à réfléchir. De qui parle-t-elle. De lui ? Du Premier Autre ? Il n'avait pas prévu pareil rebondissement. Alors pour gagner du temps, il ironise :

— Tu sais, personne ne peut avoir les mêmes yeux que moi.

— Je n'en reviens pas, ça me fait presque peur. Regarde, je tremble…

Au niveau de son cou, là où les cuisses de Marguerite lui immobilisent la tête, Roméo sent effectivement de mini tremblements lui parcourir le corps.

— Pourquoi tu réagis comme ça ? C'était qui ce mec ?

Marguerite se tait. Elle semble chercher ses mots puis reprend :

— Mon premier amour. Le seul d'ailleurs. Celui que je n'ai jamais pu remplacer.

— Il est où ? Qu'est-il devenu ?

— Il a disparu.

— Tu veux dire qu'il est mort ?

— Non, il a disparu. Du jour au lendemain.

Marguerite attire Roméo vers elle. Il s'extrait de ses cuisses et s'approche pour l'embrasser. Elle lui rend son baiser mais ne peut s'empêcher de grimacer quand elle reconnaît le gout de sa propre excitation sur les lèvres de son amant.

— C'est quand même dingue, la vie. Pourquoi nous renvoie-t-elle des trucs comme ça dans la gueule ?

— Je n'y suis pour rien, tu sais.

— Tu as raison. Et puis, toi tu n'as pas joui. Viens, je vais m'occuper de toi.

— On s'entend bien.

— Sexuellement, tu veux dire ?

— Oui. Enfin, non. Pas que.

— Tu veux dire que c'est fluide, c'est ça ?

— Oui, fluide, c'est le bon mot.

— C'est vrai que c'est facile.

— Oui, même plus que ça. Comme si on se reconnaissait.

— Tu me reconnais ?

— Tu vas me prendre pour une folle, mais oui, j'ai un peu ce sentiment.

— Explique-moi.

— Tu vas croire que je suis perchée.

— Non, promis. Je t'écoute.

— J'ai l'impression qu'avec toi, ce qu'on vit, on l'a déjà vécu. Qu'on se connaît déjà. Qu'on sait ce que l'autre aime, comment il fonctionne. Parfois je devine ce que tu vas dire avant même que tu le dises. Ça ne te fait pas ça, toi ?

— Peut-être.

— C'est comme si on se retrouvait, dans cette vie-là.

— Hein ?

— Tu vois, ça y est, tu te moques.

— Non, continue, ça m'intéresse.

— Disons que cette évidence que je ressens, elle résonne en moi comme quelque chose de connu et d'enfoui. D'infimes murmures dans ma tête, des réminiscences. Et pourtant, j'ai bien conscience que je viens de te rencontrer.

— Donc, si je comprends bien, on s'est connus dans une autre vie, c'est ça ?

— Oui, ou dans plusieurs autres.

— Mais quand ? Et où ? À Lascaux ? Avec des poils partout ? En Mésopotamie ? Au Moyen Âge ? T'étais la reine Margot et moi le duc de Guise ? Ou une pauvre bergère et, moi, ton ramoneur ?

— Tu ne peux pas arrêter cinq secondes tes sarcasmes et te poser la question sérieusement ?

— Tu ne crois pas plutôt qu'une proximité aussi rapide fait perdre un peu tous les repères ? Que tu te raccroches au surnaturel pour expliquer un truc finalement assez simple ?

— Comme quoi ?

— La bonne entente, par exemple.

— Dans la vie, il n'y a pas des choses qui nous échappent ?

— Oh que si !

— Pourquoi tout devrait n'être que cohérent, rationnel. Et la magie ? Et l'inconnu ? Et le merveilleux, on en fait quoi ?

— T'as raison. On ne voit souvent la vie que d'une seule et même manière. Normée, scientifique.

Et on laisse aux religions de tous poils le soin d'en expliquer l'inexplicable.

— Tu es donc d'accord avec moi.

— D'habitude, c'est moi qui dis ce genre de choses. Et c'est moi qu'on prend pour un fou. Ce qui est sûr, c'est qu'on ne comprend rien à rien si on se contente de croire ce que l'on voit. Pauvre saint Thomas. Mais de là à dire que notre relation se perpétue au fil des siècles, c'est peut-être aller un peu vite en besogne, non ? On se connaît depuis à peine quinze jours. On s'est rencontrés grâce à un algorithme. Et la première fois qu'on a fait l'amour, tu m'as parlé d'un autre homme, souviens-toi. Avec lui aussi, c'était transcendantal ?

— Ah, c'est resté coincé.

— Un peu. D'ailleurs, on n'en a jamais reparlé.

— C'est vrai, on est trop occupés à s'envoyer en l'air.

— Ça, c'est sûr. Tu sais que je ne vais pas tenir ce rythme très longtemps ?

— Monsieur rend les armes ? Monsieur veut sa tisane et ses charentaises ?

— Ne change pas de sujet, veux-tu ? Alors c'était qui ?

— Tu es sûr ? Paraît qu'il ne faut jamais parler de ses ex.

— Autant purger l'affaire, non ?

— Si tu veux. C'était mon premier vrai petit ami. Il avait exactement les mêmes yeux que toi. Encore aujourd'hui, quand je te regarde, ça me perturbe, tu ne peux pas savoir.

— C'était quand ?

— Ça a duré plusieurs années. Je dirais entre mes 20 et 25 ans.

— Et à part les yeux, d'autres ressemblances ?

— Vous êtes le même type d'homme, c'est sûr. Mais non. C'était un jeune con, immature. 100 % égoïste et arrogant. Toi, tu es profond, attentionné. Rien à voir.

— Que s'est-il passé ? Tu l'aimes encore ?

— Je crois qu'on aime pour toujours les gens qu'on a vraiment aimés. Pas toi ? Ça ne peut pas s'arrêter. Se transformer, se dissoudre, oui. Pas s'arrêter.

— J'aimerais tellement pouvoir dire la même chose. Ce que j'observe, c'est que les relations prennent fin. Et quand les humains n'arrivent pas à s'en charger, la vie le fait pour eux. Et puis, comment tu fais pour recommencer si la place est encore prise ?

— Je ne vois pas les choses comme cela. À la table rase, je préfère sans doute le mille-feuilles. De toute façon, je n'ai jamais su faire autrement. Mais bon, pas sûr que ça m'ait porté chance. Regarde le résultat. 40 ans, célibataire. Pas d'enfant. Et des couches de mascara qui n'ont de cesse de couler pour des histoires qui n'en valent jamais la peine. Finalement, tu as peut-être raison, je n'ai sans doute pas assez d'espace à l'intérieur pour autre chose.

— Que lui ?

— Oui.

— Ce n'est pas très cohérent avec le début de la conversation.

— En fait, si. Je ne sais pas pourquoi mais d'une certaine manière, je vous associe. Oui, je sais, c'est dingue. Et là, c'est le moment où il faut vraiment que j'arrête de déblatérer sinon tu vas me prendre pour la championne olympique des névrosées.

— Mais non. Tu sais, s'il y a un sujet sur lequel je n'ai aucune certitude, c'est bien celui-là. Niveau relations humaines, j'ai la compétence d'un ornithorynque, option handicapé.

— Bon, on parle, on parle et nos verres sont vides. Je te ressers un peu de ce délicieux petit-chablis ?

— Je veux bien, merci. Et donc, il a disparu ?

— Oui. Du jour au lendemain. Sans laisser d'adresse comme on dit. Personne n'a plus jamais eu de nouvelles. Ni moi, ni sa famille. Envolé. Évanoui dans l'espace. Et depuis, un fantôme dans nos vies.

— Il est peut-être mort.

— Sa famille le pense. Ça les soulage, j'imagine. Moi, je ne crois pas. Je suis même sûre qu'il est bien vivant. Tu connais W ?

— W ?

— Oui, l'artiste.

— Le mec qui cache son identité ?

— Oui, un génie. Qui parcourt le monde et réalise des œuvres absolument magistrales.

— Quel rapport ?

— Je crois que c'est lui.

— Ton ex, c'est W ?

— Oui, je crois.

— Comment le sais-tu ?

— Par déduction. Un peu par intuition aussi. De W, on ne sait pas grand-chose. On sait qu'il doit avoir entre 40 et 50 ans, qu'il est né dans une petite ville de province. Déjà ça colle. Ensuite, ses toutes premières œuvres apparaissent sur les murs de Paris quelques semaines seulement après la disparition de mon ex. Autre coïncidence, une de ses œuvres s'appelle *La Marguerite.* Tu la connais peut-être, c'est un collage où une jeune fille qui me ressemble utilise une machine à détruire l'amour. Il y a encore plein d'autres indices mais surtout, je reconnais dans le message que son travail véhicule, nombre de nos discussions de l'époque sur le sens de la vie.

— C'est quand même un peu mince, non ?

— Sûrement, mais je crois que ça me convient. Pour moi, il est parti pour construire quelque chose de grand. De plus grand que nous. Il n'avait pas le choix. Son destin à réaliser.

— Marguerite, tu sais, j'ai un peu de mal à y croire mais c'est une belle histoire. Je n'y vois pas de déni mais plutôt, dans cette fidélité à l'autre, l'idée que rien ne s'arrête. Je comprends mieux ton idée de mille-feuilles. Ce n'est pas de l'attente, c'est juste l'amour qui refuse d'abdiquer.

— Tu vois, trois verres de vins, et moi, je m'épanche sur mes problèmes existentiels. Et toi tu fais ton Paulo Coelho. C'est pathétique.

— Non, c'est touchant. J'aime bien que tu te confies.

— Tu veux que je te dise un truc encore plus bizarre ?

— Oui.

— Promets de ne pas rire.

— Je promets.

— J'ai l'impression que j'ai été remplacée.

— Quoi ?

— J'ai cette étrange sensation, encore plus là, quand j'ai bu, qu'à un moment donné dans ma vie, j'ai été remplacée.

— Par qui ?

— Par moi. Je vais essayer de t'expliquer. Mon passé, ma jeunesse, ma famille, tout ça je me souviens de l'avoir vécu. Mais c'est flou, désincarné. Comme si ces souvenirs n'étaient attachés ni à mon corps, ni à mon cœur. Une sorte de base de données un peu confuse à l'intérieur de mon cerveau. Et depuis son départ, je me souviens de tout dans ma chair. Tout y est vrai, puissant. Réel. La souffrance certes, mais aussi les petits riens du quotidien. Je respire cette vie. Elle est palpable. Quand il est parti, chaque instant est devenu authentique. Manifeste. J'ai l'impression, ce jour-là, d'avoir été remplacée.

— Tu voudrais dire par une autre toi ?

— Oui, avec les mêmes caractéristiques. La capacité à ressentir en plus.

— Tu parles au premier degré ou c'est une métaphore ?

— Non, vraiment remplacée.

— Et celle d'avant, elle est où ?

— T'as raison, c'est plutôt dans ce sens-là. C'est moi qui l'aurais remplacée. Celle d'avant, je ne sais pas où elle est. Je ne suis pas sûre de beaucoup l'aimer, d'ailleurs. Ça y est, tu souris. Arrête, tu avais promis de ne pas rire.

— Je ne ris pas. J'apprends beaucoup. Et c'est troublant toute cette franchise. C'est compliqué d'être vrai. De gommer les postures, les projections. Si l'ivresse est un accélérateur de sincérité, alors j'aime vraiment bien quand tu bois. Il en faut du courage ou de la confiance, ou de l'inconscience, pour se confier de la sorte. Moi, j'ai du mal à lâcher. Même alcoolisé.

— J'ai honte. On peut tout oublier ?

— Surtout pas. En deux heures, une partie de jambes en l'air et quelques verres, regarde le chemin parcouru. Tu m'as presque convaincu que nous nous sommes rencontrés dans des vies antérieures.

— Oui, des flammes jumelles.

— Qu'est-ce que c'est ?

— Ce sont deux âmes identiques qui se sont divisées lors de leur création. Quand elles se retrouvent, leurs corps magnétiques provoquent un échange puissant d'énergie. L'ADN est impacté, les neurones miroirs activés, d'où l'évidence d'avoir l'autre ancré en soi, même des années après. Même d'une vie à l'autre.

— C'est ce que nous sommes ? Des âmes identiques ?

— Après quatre verres, là, j'y crois.

— Et dans l'histoire, qu'est-ce que tu fais de ton ex ?

— Je te l'ai dit, je vous associe.

— Le mille-feuilles ?

— Les yeux.

Il lui a fallu faire bonne figure. Continuer sur le ton badin d'une discussion dont la fonction initiale n'était autre que de laisser à la période réfractaire masculine le temps de se dissiper afin d'offrir, dès que la nature le lui permettrait, une nouvelle fois son corps aux appétits de Marguerite. Mais il avait besoin de réfléchir. Arrêter les bruits. Comprendre ce qui venait de se passer. Il lui aurait fallu être seul. Marcher. Disséquer. Digérer. Mais les confidences de sa maîtresse appelaient son attention. Ses caresses réclamaient des symétries. Et l'enivrement refusait à ses neurones d'atteindre les recoins de son cerveau réservés à la seule analyse.

Une claque. Un tremblement de terre. Voire une explosion nucléaire. Voilà ce qui venait d'arriver. Roméo essayait de n'en rien laisser paraître, espérant que le demi-sourire crispé qu'il affichait, attesterait d'une attention amusée plutôt que d'un trouble vertigineux. Au lieu de fomenter une retraite stratégique qui le condamnerait à mentir, tout du moins à justifier sa fuite, Roméo trouva dans la situation un moyen de s'enfermer seul avec lui-même. Il attira Marguerite près de lui. Ils roulèrent sur le lit dont les draps entortillés, souillés par endroit, témoignaient des enthousiasmes de leurs ébats passés. Roméo s'allongea sur le dos et invita sa partenaire à le chevaucher. Par chance, son pénis et sa capacité érectile ne semblaient pas être affectés par le traumatisme en cours et agréaient une nouvelle étreinte. Marguerite s'arrima, et par de petits mouvements circulaires au rythme régulier, utilisa les frottements de son clitoris sur le bas ventre de Roméo pour attiser les braises tout juste tiédies de ses récentes griseries. Roméo ferma les yeux. Son corps immobile était un ustensile dédié au seul plaisir de sa partenaire. Celle-ci avait une prédilection pour cette position et depuis qu'ils recouchaient ensemble, ils l'avaient plusieurs fois expérimentée. D'habitude, Roméo aimait regarder ce spectacle, et assister tel un enfant au miracle de la jouissance. Là, il se forçait à oublier son corps, celui de Marguerite. De s'éloigner des sensations, des sexes et des voluptés. Il positionna la paume de ses mains sur ses oreilles, geste l'isolant aussitôt des agitations, et dans un silence compressé, se mit à penser.

Était-ce possible qu'il ne soit pas le seul ? Que l'Univers – il ne voit pas d'autre mot – ait choisi de distinguer quel qu'autre que lui ? Que ce qu'il imaginait être une expérience unique, un privilège du destin, soit un phénomène fréquent, expérimenté par bien des êtres humains ? S'était-il trompé toutes ces années à se croire différent, choisi, presqu'élu ? Si les gens se remplacent allègrement, que leur double se saisissent de leurs oripeaux à chaque bouleversement de l'existence, il ne s'agit plus du plus grand mystère de l'humanité mais simplement d'une caractéristique humaine non encore expliquée. Ou peut-être seulement tue. Quelle déception ! Mais à bien y penser, il ne pouvait en être autrement. Quel pourcentage de chance y avait-il pour qu'il soit le seul homme qui régénère son existence en se multipliant ? Quelle probabilité y avait-il pour qu'il soit l'unique bénéficiaire d'un miracle qui bouleverse toute certitude sur l'existence et discrédite le concept même d'identité ? Nulle évidemment. Comme de penser qu'il n'existe aucune autre forme de vie dans l'univers. Comme de croire que le soleil brillera à jamais. Quelle arrogance de se sentir à ce point supérieur aux autres puisque dépositaire de prérogatives qui dépassent l'entendement de sa propre espèce. Si Marguerite a, elle aussi, été remplacée, alors rien de plus normal qu'elle ne se souvienne plus de lui. Celle qui utilise actuellement sa queue dans une opération au caractère quasi masturbatoire n'est pas sa Marguerite. Ils n'ont aucun passé commun. Ils sont bien deux étrangers aux solitudes successives et agrégées. Des évolutions d'eux-mêmes dépossédées de leur histoire. Tout juste a-t-il l'avantage d'en être parfaitement conscient.

Roméo se remémore les discussions quasi philosophiques qu'ils avaient parfois le soir avec Grim, notamment celle sur le réel et les croyances. Le parleur l'avait convaincu que c'est l'expérience qui décide de la vérité. Si la terre est ronde alors qu'on la voit plate, si l'électricité éclaire bien qu'elle soit invisible, c'est que des hommes en ont apporté la preuve. Leur démonstration a transformé les fables de la perception en une réalité intangible. Et c'est la foi dans l'authenticité de ces expériences maintes fois renouvelées qui leur confère désormais les attributs de la vérité. C'est ainsi que Roméo avait accepté l'idée que tout, absolument tout, serait toujours de l'ordre du possible. L'incroyable, le saugrenu, le paradoxal. Il admettait qu'on ne connaissait que bien peu de choses sur le monde qui nous entoure et que tout pourrait toujours être remis en question ou inventé. Tout. Sauf une seule chose. Jamais, ô grand jamais, il n'aurait pu imaginer qu'une autre personne que lui puisse être sujet au remplacement.

Roméo en était là de ses réflexions lorsque les mouvements de Marguerite se saccadèrent. Elle perdit la cadence, se tortilla et se contracta dans une inutile tentative de retenir la promesse d'un plaisir qui lui échappait déjà. Roméo avait surestimé sa capacité à cloisonner. Son sexe s'était ramolli au point qu'il ne le sentait plus. Le coup de la panne. Roméo lutta, se concentra. Mais impossible d'échapper à l'humiliation. Marguerite ne put empêcher une grimace de frustration d'affleurer sur son visage lorsqu'à regret, elle se défit de l'enchâssement et vint se lover. Ses paroles rassurantes n'y firent rien, Roméo se ferma, ses mains délaissèrent ses oreilles pour s'ajuster comme un masque sur son visage. Il avait beaucoup perdu. Sa fierté. Sa certitude d'exclusivité. Le sens de ses vies. Il s'était souvent imaginé comme l'Alpha et l'Omega d'un monde subalterne et se retrouvait simple Lambda parmi tant d'autres. Pour la première fois de sa vie, alors que le corps brûlant de Marguerite à ses côtés lui murmurait en vain le contraire, Roméo expérimenta la solitude. La vraie. L'intime. Celle qui fait souffrir. En un instant, il se mit à réécrire toute son histoire. Il se découvrit le plus parfait des égoïstes, déniant aux autres le droit à une existence en dehors de la sienne, abandonnant familles et amis, refusant l'empathie ou l'échange, ne s'intéressant qu'à son nombril et à ses petites inventions. Autant de travers qui trouvaient leur source et leur justification dans la seule et absolue certitude d'être différent. Roméo s'était soumis à son destin avec un tel sentiment d'invulnérabilité que la chute n'en était que plus douloureuse. D'un coup, des millions de bestioles se mirent à lui grignoter l'intérieur du ventre. D'habitude, quand une émotion trop intense le parcourait, un réflexe instinctif bloquait ses capteurs sensoriels et refusait tout accès au mal éventuel. Là, était-ce l'effet de l'alcool, la douleur s'invitait partout. Il avait envie de vomir. De chier. La prise de conscience était violente. Dans sa tête, les idées s'entrechoquaient. Il pouvait croire tout et son contraire dans la même pensée. Son corps l'avait abandonné. Sa bite molle célébrait la victoire du vide. Le visage, toujours enfoui, Roméo s'horrifiait de sa vie. Sans amour. Sans personne.

Il ne sait pas comment il s'est retrouvé dans sa chambre d'hôtel. Ni combien de temps s'est passé depuis cet évènement. Les souvenirs se dérobent, son amour-propre s'accommode des vapeurs. Les rideaux sont tirés et ne laissent passer qu'un mince filet de jour. Roméo est allongé sur le lit, nu, ses vêtements dispersés sur la moquette. Il regarde le plafond, soulagé. Son cerveau a du faire le ménage et Roméo comprend qu'il a réussi à s'extraire du gouffre. Étonnamment, il en rirait presque. Il est content d'être seul. Aucune trace de Marguerite. Pourvu qu'elle n'ait pas mal pris cette mésaventure. L'instant lui rappelle des souvenirs. Il y a vingt ans, dans cette même ville, il était resté prostré dans le noir pendant des semaines avant de trouver le courage d'affronter le Premier Autre et d'essayer de la récupérer. Roméo a faim. Il devrait se lever. S'en aller aussi, il n'a plus rien à faire ici. Il faudra aller voir Marguerite, lui dire au revoir, ne pas fuir cette fois. Son corps, grimé en acte manqué, lui a clairement signifié qu'il ne lui fera plus jamais l'amour. Il pourrait certes oublier la honte. Pas l'absence d'envie.

Quant à ses confidences, Roméo ne sait plus quoi penser. En y réfléchissant, il n'est plus aussi sûr qu'elles remettent en question sa nature démiurgique. Techniquement, il subsiste un doute. Aucune preuve d'une autre Marguerite ou d'un véritable remplacement. Et nombre d'autres hypothèses avec d'autres conséquences sont, à l'évidence, envisageables.

Mais une chose est sûre, la prise de conscience est irrémédiable. Sa vie, ses vies, se sont vécues à l'exclusion des autres. Avec une volonté d'annihiler systématiquement le moindre sentiment. Il pensait avoir un but supérieur, devoir construire quelque chose de grand. De plus grand que tout le reste. Il n'avait pas le choix. Son destin à réaliser. L'irruption du Premier Autre, puis de l'Autre l'avait convaincu du bien-fondé de l'entreprise. Et de la direction à prendre. Le Grand Aspirateur lui avait désigné sa mission. Aujourd'hui, le doute s'est substitué aux assurances. Des questionnements nouveaux s'agglutinent mais Roméo refuse encore de les accueillir. Léger, il se lève et tire les rideaux. Dehors quelques passants disputent aux pigeons la suprématie des pavés. Le soleil rasant dilate les ombres portées des constructions. C'est une belle journée. Roméo enfile ses vêtements et s'approche de la porte. À terre, un papier froissé. Il reconnaît l'écriture de Marguerite. *Mon Roméo, merci pour cette délicieuse morsure du passé.*

Reprendre la route. Un pas devant l'autre. Et recommencer, comme le dit la chanson. Marcher droit devant. Chercher son équilibre dans l'endurance. Retrouver avec soulagement cette manière de tenir debout. Roméo a jeté ses habits de déguisement, s'est ébouriffé les cheveux, a remis son vieux jean élimé, le tee-shirt gris à col rond qu'il affectionne tant, chaussé des baskets neuves à coussin d'air. Il part au petit matin. La brume laisse à la rosée le soin de rappeler sa présence éphémère à la campagne environnante. Sans but, Roméo abandonne à ses pieds le choix de la direction. Il retrouve avec bonheur l'analgésie du balancement. Comme le vélo ou la date de Marignan, le vagabondage ne s'oublie pas.

Marcher est une sorte de méditation en mouvement qui donne de l'épaisseur à la solitude. On y rencontre la mélancolie, la douceur, le vide, l'énergie, l'exaltation, la souffrance, la fierté, la faim. On y affronte les éléments. On y parcourt des sentiers aveugles ou buissonniers. On y rabote les chaos.

On y rectifie le rapport au temps. On y mélange rêves et réalité. Bref, en marchant, on s'emmitoufle dans le monde invisible. Roméo se délecte de ce sentiment ouaté de liberté retrouvée. Tous ces gens, toutes ces histoires, tout ce passé n'ont pas réussi à endommager sa boussole interne. Il repart, un sac quasi vide, regroupant la totalité de ses possessions terrestres, en bandoulière.

Il est allé voir Marguerite. Si d'une manière ou d'une autre, son départ d'il y a vingt ans était une fuite, Roméo ne voulait en aucun cas en reproduire le geste. À l'heure d'Internet, du zapping immédiat, des lâchetés par écran interposé, il se sentait anachronique et redevable. Ils se sont touché les mains. Leur poitrines se sont jointes. Aucun mot n'a été prononcé. Dans leurs yeux, la promesse de ne rien se promettre. Et la tendresse qui les submergea suffit à compléter l'instant. Il y avait entre eux, la complicité de ceux qui partagent un secret défendu, et le petit baiser que Marguerite, hissée sur la pointe des pieds, déposa sur la joue de Roméo, célébra au choix, des adieux, des retrouvailles ou une première rencontre. Avant de se retourner, Marguerite lui tendit ce sourire qui l'avait toujours ému, candide et mutin, quand l'enfance et son innocence soulagent des ecchymoses de la vie. Roméo comprit que Marguerite avait été une chance. Qu'il lui devait beaucoup. Il avait fallu la revoir pour cela. Lui, comme prévu, l'avait abîmée. Ou était-ce la vie ? Ou plutôt l'Autre ? Quel degré de responsabilité porte-t-on dans les échecs et les sorties de route de ceux qu'on a laissés sur le bord de notre chemin ?

Roméo regarda Marguerite s'éloigner. Elle disparut derrière des voitures. Sa silhouette réapparut l'espace d'un instant dans le reflet d'une vitrine. Ses mots sur le mille-feuilles et l'amour qui ne s'arrête jamais prirent alors tout leur sens. Roméo eut du mal à déglutir. Une boule au goût rance dans la gorge.

Roméo marche. Depuis des heures maintenant. Il traverse les forêts charnues du Perche. Et il emporte une part de Marguerite avec lui. Étonnamment, elle ne lui pèse pas. Peut-être même est-elle la raison de cette légèreté inopinée qui lui donne envie de sautiller. Roméo goûte cette compagnie rétroactive. Une alliée dans la place. La permanence d'un amour ancien suffirait-elle à redonner forme humaine ?

Les forêts sombres laissent la place à des collines ambrées. Les tristesses de la Beauce s'annoncent au loin et le vent d'automne charrie feuilles et frissons septentrionaux. Ses pas énergiques ont effacé le feu des émotions, réduit les palpitations. Son cerveau mouline. Il a tant de choses à décortiquer puis à ranger. Déjà, les nouvelles interrogations frappent à la porte. Il les écarte encore une fois, sans doute la dernière. Roméo préfère continuer de se perdre dans ses pensées non essentielles. Y'a-t-il un endroit où commencent les histoires ? Un cimetière pour les enterrer ? L'amour, la vie, la fiction, les réalités se perdent-ils à jamais une fois les souvenirs oubliés ? Ne faudrait-il pas inventer un sanctuaire pour stocker ces trésors ? Puis soudain, il peste contre l'intelligence congelée de ses contemporains. Se souvient qu'il doit travailler son empathie. Que les autres ne peuvent plus être un simple écho d'égo. Plus tard, il se convainc que la pensée est créatrice et, finalement, le seul endroit où le moi est praticable. Puis il repense à ses voyages. Aux mondes visités. Aux successions de couches qui forment la réalité. À la surcharge mentale et au manque d'espace.

Bientôt les idées se disséminent. Elles ont perdu de leur impétuosité et se laissent dompter. La nuit tombe et Roméo cherche un endroit pour bivouaquer. Il a souvent dormi à la belle étoile. Il ramasse du bois, s'installe près d'un cours d'eau, à l'abri du vent. Il enlève ses chaussures et se masse les pieds. Il s'allonge sur un matelas de fortune, fait de mousses et de lichens. La nuit chargée de nuages fait danser les ombres. Roméo n'arrive pas à dormir. Dans sa tête, il continue de marcher.

Lorsque l'aube tente une première incursion au cœur des ténèbres, Roméo a déjà les yeux grand ouverts. Ses pas l'ont mené de rêve éveillé en rêve éveillé. Et si certaines visions ne sont faites que pour la nuit et se perdent au réveil, d'autres résistent et clignotent, comme le font les panneaux annonçant un danger. Dans la nuit, un mot est venu le visiter pour ne plus le quitter. Il s'est lentement rapproché, a décrit des cercles concentriques en périphérie de conscience et s'est posé dans le creux de son hippocampe. Ce mot, il l'a perdu puis retrouvé. L'a jaugé, épelé, déconstruit. Il a vainement tenté d'en comprendre la signification et s'est presque résolu à le laisser filer sans en avoir rien compris. Mais l'aurore n'a pas su le chasser et ce « calleux » à la rugosité naturelle ne lui évoquait encore au matin, rien d'autre qu'une vague analogie avec la pédicure.

C'est en reprenant la marche que le mot se découvre. Les pas récupèrent cadence et méthode tandis que Roméo cherche une explication à cette invasion lexicale dans chaque recoin de sa mémoire. Et c'est dans un souvenir de lecture qu'il en trouve trace. Quelque temps après son remplacement par l'Autre auprès de Judith et des filles, au cours de ses premiers voyages, Roméo avait dévoré un ouvrage sur les travaux de Roger Sperry, neuropsychologue nobélisé en 1981. Ce scientifique avait découvert que chacun des deux hémisphères du cerveau était appelé à des fonctions différentes. Le « corps calleux » y était décrit comme le câblage neuronal qui relie ces deux hémisphères. Roméo, à l'époque, était passionné par les mystères du cerveau. Il lisait tout ce qui pouvait en éclairer les secrets, et nombre de ses inventions s'en réfèreraient plus tard. Mais il avait oublié – est-ce un hasard ? – le rôle prépondérant de ce « corps calleux » dans la stabilité de la vie mentale des êtres humains. Roméo décide d'accélérer le pas. Les battements de son cœur s'emballent et intensifient les flux intérieurs jusqu'à ce que les informations stockées sur le sujet s'associent et colonisent ses synapses. Roméo se souvient de tout désormais. De ces opérations pratiquées jadis sur des malades épileptiques à qui on retirait ce fameux corps calleux. Et des conséquences dramatiques sur leur santé mentale. Certains en venaient à héberger sous un même crâne deux consciences distinctes, deux individualités qui vivaient, presque en parallèle, le cours de leur vie. Roméo sourit en se remémorant les images de Peter Sellers en Docteur Folamour où l'une de ses deux mains tente de s'étrangler, tandis que l'autre se débat pour l'en empêcher. Un sourire qui disparaît aussitôt qu'il s'interroge sur la teneur du message que son inconscient est en train de lui envoyer. Pourrait-il être l'hôte de deux ou plusieurs consciences sous une même boîte crânienne ? Est-ce cela qu'il faut qu'il comprenne ? Passe-t-il son temps à tordre la réalité et à réinventer les géométries de son existence ? Est-il à la fois Roméo, L'Autre, le Premier Autre, W ou je ne sais qui encore ? Bien sûr, il en connait des histoires autour du dédoublement de la personnalité. Bien sûr, il s'est interrogé sur une possible schizophrénie. Mais tout cela n'a rien à voir avec lui. Durant toutes ces années, ses voyages, les gens, les inventions étaient bien réelles. Et puis l'Autre, n'est-il pas la preuve ultime de son acuité puisque mort, enterré et tout-à-fait vermoulu ? Roméo se rassure à mesure que le rythme de ses pas se cale sur le tempo de ses justifications, mais il ne peut empêcher une petite voix éthérée de lui demander si tout, depuis le début, n'est pas la géniale invention d'un cerveau avarié.

Les heures marchées passent vite. Les kilomètres s'égrènent comme des litanies. Roméo ne ressent ni la faim ni la soif. Son corps s'est absenté, laissant au seul bruit de ses semelles en caoutchouc sur le bitume, la flagrance d'un lien avec le monde. La campagne s'est remplie de trottoirs et de gens pressés. Les lumières de la ville accompagnent désormais ses foulées et l'invasion des inquiétudes. Roméo s'examine puis s'angoisse des phases de dépression et de grande exaltation qui régulièrement l'étreignent. En clôturant le chapitre Marguerite, il espérait retrouver la sérénité mais la peine semble déjà perdue. Roméo s'arrête. Il est arrivé. Il ne cherche pas à singer la surprise puisque la destination lui était connue. Avait-il un autre endroit où aller ? Le code n'a pas changé. Il monte les escaliers et sonne à la porte.

— Je savais que tu reviendrais.

Grim s'efface pour le laisser entrer. L'odeur d'une pizza froide stagne dans l'appartement. Le canapé du salon est ouvert, le lit est fait.

Les premières notes s'échappent. La mélodie lancinante impose d'emblée son magnétisme.

— Écoute, on touche au sublime.

Grim tend son bras droit en direction du ciel. Dans sa main, son téléphone nasillarde la *Gnossienne n° °1* de Satie. Le son du piano s'élève, flotte, ponctué d'appoggiatures, ces petits motifs ornementaux qui servent à retarder l'arrivée de la note principale.

— Un génie. Écoute comme il arrive à suspendre le temps.

Roméo reconnaît la mélodie. Sombre, qui vous transperce le cœur. Une danse si lente, si triste, qu'elle porte en elle tous les déchirements du monde.

— On l'associe souvent à tort à une oraison funèbre. Satie était dans sa phase mystique quand il a écrit ce morceau. Après avoir adhéré à la Rose-Croix, il venait de créer son *Église métropolitaine d'art de Jésus conducteur* dont il était l'unique fidèle. Un mec bien barré, ce Satie. Il était colérique, anarchiste, ivrogne, misogyne et mythomane. Sympa, quoi !

Roméo ferme les yeux et se laisse pénétrer par la musique. L'aspect répétitif et nonchalant du piano ajoute du mystère à la complainte. Les phrases sont obsédantes, et ce monologue ininterrompu se perdra bientôt dans un silence hésitant. Il connaît ce morceau comme s'il avait toujours fait partie de lui. De ces choses qui semblent devoir vous accompagner sans jamais réussir à les reconnaitre, encore moins les nommer. Une tristesse dérobée à la vie, qui transformée en musique vient nicher dans la fosse aux meurtrissures.

— Regarde-moi ça, on dirait une ruine. Le malheureux est mort dans le dénuement le plus total. Et aujourd'hui, personne ne vient jamais nettoyer sa tombe. Heureusement que reste sa musique !

Des années de crasses recouvrent le granit de la sépulture du compositeur et lui confèrent l'aspect sombre de l'oubli. Quelques mousses verdâtres s'accrochent par endroits et viennent éclaircir de leur plantule le nom du défunt, gravé au milieu d'une croix.

— J'adore venir ici. Ce cimetière ne ressemble à rien. D'ailleurs Arcueil, ça ne ressemble à rien. Mais, tu vois, c'est bien la preuve que les génies ne meurent jamais. Ça sert aussi à ça, nos décharges publiques de cadavres. Ça sert à se rappeler de la beauté.

Roméo tourne la tête et regarde les enfilades de marronniers qui séparent les différentes sections du cimetière. Les branches sont nues et les dernières feuilles qui s'y accrochent seront bientôt balayées par les vents, puis par les cantonniers. Il a tenu à accompagner Grim pour le soutenir dans une épreuve que le parleur redoute. Un de ses anciens collègues de travail vient de décéder et l'enterrement est en cours dans la partie occidentale du cimetière. Puisqu'il n'y a plus de parleur à Arcueil depuis près de deux ans, Grim se partage l'intérim avec son homologue d'Ivry-sur-Seine.

Le néo défunt était un enculé. Grim n'a pas cherché à trouver un autre qualificatif pour ce chefaillon qui pendant des années l'a humilié, le traitant de gros lard dès qu'il avait le dos tourné. À l'annonce de sa mort, les pieds de Grim ont esquissé quelques pas de danse, ses entrailles ont évacué deux ou trois gaz stridents dans une célébration spontanée bien éloignée de l'éthique personnelle et du respect envers les disparus qu'il revendique. Pour tout parleur, se réjouir de la mort d'un être humain s'apparente au comble de la vilénie. Entre la trahison amoureuse et l'abandon parental sur l'échelle du déshonneur. Alors Grim a fait ses recherches sur le mort à contrecœur, laissant à la culpabilité la difficile tâche de réprimer ses bas instincts. En acte de contrition, il est même descendu le lendemain à la pharmacie acheter du charbon de Belloc, un médicament composé de charbon actif, d'huile de soja et de cire d'abeille jaune, réputé supprimer radicalement toute production de flatulences. Depuis, la gélule quotidienne est sa punition. Plus rien ne s'échappe de son ventre. Grim se sent ballonné mais quasi absout. Roméo ne comprend pas cet excès de vertu mais loue la disparition des gaz de leur existence. Leur vie commune a repris avec toutes ses routines, désormais agrémentée de respirations franches et de silences ininterrompus.

Au loin un carillon sonne. Les bruits de la ville se mélangent au ronflement du moteur d'un groupe électrogène. Quelques visiteurs se pressent de quitter les lieux avant que la pluie annoncée ne s'abatte.

Grim et Roméo se cachent derrière un arbre et vérifient l'avancement des funérailles. La famille est venue nombreuse. Le noir des tenues témoigne du respect des traditions et des sanglots fréquents d'une douleur qui ne semble pas feinte.

— Plus que quelques minutes et ils vont se disperser. Merci de m'accompagner. Tu crois que je vais y arriver ? Une partie de moi me crie de ne pas le faire.

— La mort n'efface rien. Il t'a fait du mal. Ta réaction est plus que normale.

Quelques minutes plus tard, la cérémonie se termine et les endeuillés s'éloignent. Grim sort la fiche signalétique du mort de la poche intérieure de son imperméable. Il s'approche et jette un rapide coup d'œil à la tombe. Au fond du trou, un désordre de fleurs et de terre y recouvre un cercueil en chêne massif de milieu de gamme. Grim se racle la gorge mais n'arrive pas à commencer. Son corps s'est figé dans une position étrange qui défie les lois de l'équilibre. Il tremblote de partout, et sur sa peau flasque, les secousses mécaniques dessinent avec effet retard, des vaguelettes aux ondulations anarchiques. Roméo lui prend le papier des mains. Le parleur le regarde hébété, presque reconnaissant.

— Bonjour, Pierre. Je m'appelle Roméo. Je suis là pour te parler et t'accompagner dans ce moment pénible que tu traverses. Là, tu es seul face à l'ultime. Si tu l'acceptes, ma voix saura te guider, t'aider. Une sorte de chandelle dans l'obscurité. Voilà comment je procède. Je ne vais pas arrêter de te parler. Je sais que d'une manière ou d'une autre, tu m'entends. Le voyage que tu t'apprêtes à faire en sera, je l'espère, délesté de ses frayeurs.

Roméo improvise mais se souvient des mots employés par Grim lorsque le soir il répétait à voix haute ses prestations du lendemain. La clé d'un bon parleur, lui a-t-il souvent répété, c'est le rythme régulier et le ton monocorde à la fréquence idéale de 125 hertz.

— Pierre, je ne te connais pas. Quelques mots sur un papier me racontent les grandes étapes de ta vie. Tu es mort jeune. 62 ans, c'est jeune. Et c'est sûrement injuste. Je devrais te parler de ton enterrement, des gens qui sont venus. De ceux qui ont pleuré. Mais, en fait, je ne vais pas le faire. Je choisis de te parler du monde des vivants que tu viens de quitter. Et tu vas écouter ce que j'ai à te dire. De toute façon, là où tu es, tu n'as pas vraiment le choix. Puisqu'il va te falloir apprendre la patience sans avenir, autant commencer dès maintenant.

Les derniers mots font sortir Grim de sa torpeur. Il désapprouve et tente d'intervenir. Roméo, d'un geste autoritaire le repousse et, l'index sur la bouche, lui intime silencieusement de se taire.

— Pierre, si l'on se réfère au principe de superposition, il y a sûrement un endroit où tu n'es pas mort. Mais ici, dans cette réalité, ton décès est inéluctable. On n'y peut rien changer, tout comme les actions que tu as perpétrées tout au long de ta vie. Alors je vais te parler d'un homme que tu as sans doute oublié et qui se tient à mes côtés en ce moment. Cet homme est gros, obèse même. Oui, il se nourrit mal, ne fait pas de sport, reste des heures devant ses ordis et souffre du regard des autres. Alors, il ne sort presque jamais de chez lui, sauf pour aller travailler. Sauf pour remplir sa mission sur cette terre, venir parler aux morts comme toi et aider leur âme à ne pas se perdre dans les abysses.

Grim se recule jusqu'à s'adosser à un arbre, sans doute pour que Roméo ne s'aperçoive pas du trouble qui l'envahit.

— Tu le connais puisque pendant des années, tu l'as humilié au travail. Il n'a pas voulu me raconter les détails, mais j'ai vu sa souffrance. Alors voilà, Pierre, comme je ne peux pas réparer ta mort, je vais essayer de réparer sa peine. Il ne s'agit pas de vengeance. Tu es mort, tu as perdu de toute façon. Il ne s'agit pas de te parler non plus mais de me faire entendre.

Roméo fait une pause. Les premières gouttes éparses d'une averse imminente entament leur chute. Le vent s'est levé alors que s'éteint le jour. Roméo reprend, la voix grave :

— Malgré tout ce passé de vexation, il a décidé de venir ici remplir sa mission et t'aider. Tu entends ça ? Qui fait cela ? Aider son tortionnaire ?

Notre société bizarre sanctifie ses morts pour mieux s'en débarrasser mais, aujourd'hui, je n'accepte pas cette règle du pardon et de l'oubli obligatoire. Trop facile amnésie. Pierre, ce que fait cet homme, en venant soulager ta souffrance, c'est ce que font les grandes âmes vivantes. Parce qu'il y en a. Et qu'il faut le leur dire. Quant aux mortes, tu sais, elles errent parfois longtemps dans l'obscurité. Si longtemps, vois-tu, qu'il leur est utile d'avoir appris la patience sans avenir.

Tout est dit. La pluie inonde le visage de Roméo et lui colle les cheveux sur le front. Il se retourne. Grim, la tête enfouie sous son imper, ne bouge pas. Un coup de sifflet annonce la fermeture prochaine du cimetière. Les deux hommes s'empressent de quitter les lieux, sans un regard pour le mort. Une joie étrange les unit. Sans doute n'arriveront-ils jamais à se dire les choses importantes, sans doute leur en faudra-t-il toujours passer par des stratagèmes. Leurs mots resteront silencieux. Leur dialogue, celui de deux empêchés :

— Un désastre.

— Oui, un sublime désastre.

Un peu avant la sortie, alors que la pluie redouble d'intensité, Grim salue la tombe de Satie d'un petit signe de la main. Roméo lui, s'évertue à tordre ses boyaux dans tous les sens. Il contracte ses abdominaux, malmène son estomac et essaye de compresser l'air de ses intestins. Il voudrait répondre au merci que le parleur lui signifie du regard par un pet tonitruant. Pas de quoi, c'est ce que font les amis.

Le bâtiment est imposant. Roméo passe le porche et découvre une alternance de petites cours et de longues halles à l'éclairage zénithal. Squelette de métal habillé de pierres, l'endroit fait penser à une gare. Mais durant plus d'un siècle, ce fut le royaume des croque-morts. Juste à gauche de l'entrée, une salle raconte l'histoire de l'édifice. Des photos en noir et blanc montrent des ébénistes et des couturiers réalisant cercueils et catafalques. Un film muet stroboscope des mines graves et des corbillards bien alignés. Au centre de la pièce, un panneau au graphisme criard détaille la chronologie jusqu'à la fermeture en 1998, quelque mille personnes y travaillaient, organisant 150 convois mortuaires quotidiens. Aujourd'hui, l'endroit est devenu un lieu d'effervescence de la culture parisienne. L'expo que Roméo s'apprête à visiter fait la une des publications spécialisées. Les dithyrambes du monde de l'art pour une rétrospective non autorisée de l'œuvre de W, artiste anonyme.

Avant que Marguerite ne le mentionne, Roméo n'avait jamais entendu parler de celui qui s'est imposé en deux décennies comme un des maîtres de l'art contemporain. Des installations grandioses aux quatre coins de la planète, des machines imaginaires à la poésie énigmatique, des textes philosophiques indociles mais aussi des films avant-gardistes, des dessins érotiques ou des manifestes politiques lus par des voix synthétiques, l'artiste s'insurge contre le monde qui l'entoure mais surtout en raconte l'ineffabilité. À mesure que Roméo progresse dans sa visite, une étrange sensation l'envahit. Un mélange d'irritation et d'admiration. Il y a de la facilité dans l'œuvre de W, des incohérences aussi. Ses cibles sont convenues, presque démago. Le monde de l'argent, l'individualisme, la mondialisation, la violence. Et puis l'artiste dénonce mais se cache. Où est le courage dans cet anonymat ? Roméo continue sa diatribe intérieure. Difficile d'estimer celui qui a rendu mercantile l'art de la rue, qui participe activement au système qu'il vilipende, qui entasse des millions mais s'intronise porte-voix des laissés pour compte. Bien sûr, il cultive l'art du contrepied et invente des nouveaux codes de communication mais, pour Roméo, égrener ces critiques trouve une utilité immédiate, celle d'empêcher le trouble de s'emparer de lui. Car sourd en lui une émotion proche de l'affolement. Il diffère l'émerveillement devant la beauté plastique des œuvres. Il s'empêche de louer l'universalité des messages et leur brutalité prescriptive. Il valide la désobéissance mais sursoit à souscrire aux fulgurances. La symbiose entre la vision de l'artiste et ses propres inventions lui sautera bien assez tôt à la figure et la question *Qui est donc ce W qui me ressemble tant ?* ne pourra bientôt plus se dérober. La dernière œuvre présentée est une reproduction d'une fresque géante peinte sur les murs de Rio lors du dernier sommet de la terre. Elle s'intitule *Patience, cette amertume des cœurs éteints.* On y voit une soucoupe volante, enfin plutôt une cocotte-minute, absorber les déchets d'une planète à l'agonie et les centrifuger vers l'espace. Au-dessus, une inscription en lettre gothique : *Antichambre de l'avenir.*

Roméo se retrouve dans la rue, sans vraiment comprendre comment. Tout au plus croirait-il avoir visité un simple miroir de son âme s'il n'avait du mal à mettre un pied devant l'autre, presqu'à tituber. D'un coup, la colère jaillit. Celle qu'on ne peut réprimer. Instinctive, animale. Celle qui creuse rictus et ravines sur le visage. Celle qui palpite dans les poignets et incendie l'intérieur de la gorge. Celle qui vous vidange de toute substantifique moelle. Ce W est un copieur. Un putain de voleur.

Dans le métro pour rentrer à l'appartement, Roméo se force à éloigner la tempête en pratiquant des exercices de respiration. Capter l'air par le nez et gonfler le ventre. Le bloquer le plus longtemps possible avant de le laisser filer tout doucement par la bouche dans une expiration complète et continue. Puis, recommencer jusqu'à ce que le cœur ralentisse et que l'hypothalamus cesse son grabuge. Roméo déteste toutes ces émotions qui le malmènent depuis qu'il est revenu. Pendant ses années nomades, il s'en était éloigné avec opiniâtreté et satisfaction. Aujourd'hui, elles lui rappellent sa vulgaire condition d'être humain, sujet aux humeurs et aux emportements. Elles lui apportent aussi la preuve que ni le temps, ni le détachement ne sauront jamais vaincre cette hypersensibilité qui l'accompagne, voire le commande, depuis sa naissance.

Il fait déjà sombre quand il arrive à Clamart. L'automne a éteint les visages et allumé les lampadaires. Les jours ont capitulé sans même avoir combattu. Et la nuit, arrogante, s'entoure de frimas pour asseoir sa victoire. L'appartement est plongé dans le noir. Le visage de Grim, hilare, n'est éclairé que par la lumière bleue de ses écrans d'ordinateurs.

— Tu ne vas pas croire ce que je viens de faire !

Grim est surexcité. Ses mains s'agitent, son corps échoue à se trémousser. Une joie enfantine incorpore de petits gloussements entre chacun de ses mots.

— Écoute ça ! C'est le manifeste d'une religion à laquelle je viens d'adhérer. *Les licornes roses invisibles sont des êtres d'un grand pouvoir spirituel. Nous croyons sur la seule base de notre foi qu'elles sont roses, mais nous savons de façon logique qu'elles sont invisibles, justement parce que nous sommes incapables de les voir.*

— Mais Grim, c'est du n'importe quoi !

— Tu n'as pas compris. C'est une parodie de religion. La satire des croyances théistes. Tu remplaces le mot Dieu par Licorne rose invisible dans tous les textes sacrés et tu comprends combien toutes les religions sont absurdes.

— Grim, tu ne crois pas en Dieu…

— Bien sûr que non, mais attends, j'ai gardé le meilleur pour la fin.

— Vas-y, je t'écoute.

— Petit 1 : la licorne est à la fois invisible et rose, ce qui est un mystère seulement compréhensible par les vrais fidèles. Petit 2 : la religion de la licorne rose invisible est fondée sur la raison, on constate qu'on ne la voit jamais, et sur la foi, on croit à sa roseur. Petit 3 : la licorne rose invisible ne se nourrit que de pizza hawaïenne.

Une seconde de silence puis Grim éclate d'un rire tonitruant. Étrange, rauque, proche du brame du cerf. Son corps est soudain pris de spasmes, des larmes coulent de ses yeux. Il essaye de parler mais n'arrive qu'à expulser tour à tour, borborygmes, postillons et onomatopées. Roméo se laisse rapidement entraîner dans cette hilarité communicative. Pris à son tour d'un fou-rire, perdant l'équilibre, manquant de s'étouffer, il se réfugie sur le canapé, le temps que diaphragme et zygomatiques retrouvent leur fonctionnement normal. Mais quel con ce Grim !

Comme par magie, sa rage s'est évaporée. Grim a cette faculté rare de vous décaler dans un réel qui aspire et soulage. Ses manières bourrues, sa présence obstinée, ses excentricités, sont autant de particularités qui, à défaut d'être comprises ou partagées, vous entourent d'une épaule solide et hospitalière. Roméo a parfois le sentiment que Grim le complète. Qu'il a même une fonction dans sa vie, celle de le cadrer. Un régulateur d'émotion. Une sorte de Jiminy Cricket, version mastodonte. Se pourrait-il qu'il soit une pure émanation de son cerveau ? Un avatar de plus ? Sa personnalité sécurisante ? Roméo chasse immédiatement cette idée. Il doit lutter contre cette tendance nouvelle de tout expliquer par la démultiplication de ses figures. Cette facilité à nier l'autre n'est qu'une façon de refuser de recevoir. Et de se sentir redevable.

Le calme est revenu. Grim s'étire et actionne l'interrupteur qui allume l'ampoule à la lumière blafarde qui pendouille au centre du plafond. Tout en racontant sa visite de jour, Roméo sent la faim lui tirailler l'estomac. Cette crise de rire lui a creusé l'appétit, il engloutirait facilement une ou plusieurs parts de pizza. Avec ou sans Ananas.

— Comment expliques-tu que j'y sois allé ? Je n'avais aucune idée de ce que j'y trouverais. Tu crois que W, c'est le Premier Autre ?

— Ce que je crois, c'est qu'il y a certainement un message dans tout ça. Quelque chose à comprendre mais là, on est dans le noir le plus total.

— Plus ça va, plus je me dis que c'est mon cerveau qui invente tout ça.

— Faut que tu arrêtes avec cette suffisance.

— Mais tout ne peut pas être que coïncidence.

— Le hasard est beaucoup plus puissant que tu ne le penses. Et si on inversait la problématique ?

— C'est-à-dire ?

— Disons qu'on s'en fout de W ou du Premier Autre.

— Impossible. Ce mec me spolie. D'abord, il me vole ma meuf. Et maintenant mes idées, mes créations. Je ne peux absolument pas m'en foutre.

— Sauf que lui, il en fait quelque chose de tes idées. Toi, tu es tout seul avec ton barda rempli à ras bord qui ne sert à rien. Le Grand Aspirateur, soi-disant ta mission, qu'est-ce que tu en fais ? Que dalle. Te retourner sur ton passé, c'est tout ce que tu sais faire. Tu sais ce que dit Camus dans Sisyphe ? Il dit que créer, c'est donner une forme à son destin. Il est peut-être là le message.

Roméo réfléchit. Il n'avait jamais envisagé l'histoire sous cet angle. Oui, il pourrait créer ailleurs que dans son cerveau. Enrayer la négligence de ses gestes. Se confronter au réel. Produire, concrétiser. Une sorte de remède à l'impuissance d'exister.

— Je crois que je viens de trouver.

— Je suis sûr qu'on vient d'avoir la même idée.

— Vraiment ?

— C'est évident.

— Permuter ?

— Exactement.

Prendre la main. Arrêter de se plaindre. Refuser de subir. Démembrer la matrice. Affronter. Se libérer des démons et de leurs adhérences. Ne plus se cramponner aux écorchures. Tirer un trait sur ce passé qui n'en finit pas de gangréner la suite. Choisir la lumière et s'imposer à son tour. Roméo sourit à Grim et à ces auto-injonctions qui l'euphorisent. Oui, il est grand temps d'inverser le destin.

— Pizza ?

— Pizza.

Les morts sont l'histoire. Ils sont aussi l'oubli. Les vivants les célèbrent tout autant qu'ils les haïssent. Quoi de plus insupportable que leur éternité hors du monde connu, leur défection attestant l'angoissante certitude du provisoire. Alors, on efface gentiment leurs vies. Qui ils étaient, qui ils aimaient. On se souvient parfois de quelques faits de gloire. Ou de disgrâce. Mais les existences disparaissent dès que les souvenirs s'estompent et que la vie, selon l'expression consacrée, reprend ses droits.

Personne ne saura jamais ce que pensait la jeune Evelyn McHale lorsqu'elle monte ce 1er mai 1947 en direction de la plateforme d'observation de l'Empire State Building, le plus haut bâtiment jamais construit par l'homme à cette époque : 102 étages, 381 mètres. Evelyn a 23 ans, un métier, elle est comptable. Et un fiancé, Barry, avec qui elle doit se marier le mois prochain. Evelyn retire délicatement ses chaussures, puis enlève son manteau et pose son sac à main sur le sol. Elle s'approche de la rambarde, laisse échapper un mouchoir blanc et l'observe tournoyer dans le vide. Pendant quelques secondes, le carré de coton virevolte au gré des courants d'air puis disparaît. Il n'est pas sûr qu'il ait atteint le sol avant que le corps d'Evelyn ne s'écrase sur le toit d'une limousine en stationnement. Robert Wiles, un étudiant en photographie immortalise la scène quelques minutes après la chute. Evelyn tient dans une de ses mains son collier de perles et semble dormir, apaisée. Son corps, élégamment posé sur un linceul de métal, ne présente aucune blessure. L'image fait le tour du monde et bientôt l'opinion la compare à la belle au bois dormant attendant son prince charmant. New York a toujours eu horreur de la mort. Au fil des siècles, la ville a fait en sorte de cacher ses défunts, jusqu'à les nier. Et lorsque la faucheuse s'invite en une de *Life Magazine*, c'est pour y vanter la beauté d'un cliché en noir et blanc et substituer au drame, l'histoire réconfortante d'un conte de fée.

Quelques trente rues plus au nord, empruntant Broadway, dépassant Time Square, longeant Central Park, le promeneur viendra se mêler aux fans des *Beatles* qui viennent faire le pèlerinage du *Strawberry Fields Mémorial*. Une mosaïque au sol, genre de mandala noir et blanc, avec le mot *Imagine* en son centre. L'ouvrage fait face au Dakota Building, immeuble où Lennon vivait et devant lequel il fut assassiné. Là, on y chante, on y danse. On s'y prend en photo. On y célèbre l'ego des vivants, on y préserve tant bien que mal le message de l'artiste, mais on y a depuis longtemps oublié l'être humain.

New York regorge du souvenir de ses icones disparues. Les *mémorials* se disputent les faveurs et les dollars des touristes. Ici, on vient célébrer Basquiat et la contre-culture, les inventions de Morse ou l'étoile éternelle de Lauren Bacall. Là, on y joue sans relâche le *West Side Story* de Leonard Bernstein ou on y décerne le prix Pulitzer. Ses morts célèbres sont tout autant son patrimoine que ses musées et son architecture. Pourtant il n'y a pas de tombes à Manhattan. Tout juste trois petits cimetières qui ont survécu au décret de 1852 qui interdit toute inhumation sur l'île. Le minuscule cimetière juif au sud de *Chatham Square*, plus ancien vestige de la ville, où sont enterrés, sous le niveau de la mer, les premiers immigrants juifs, des séfarades espagnols et portugais, arrivés sur le sol américain dès 1654. Le *Marble Cemetery* et ses élégantes tombes de marbre blanc où reposent des notables du XIXe siècle. Et, à l'ombre du clocher néogothique de la *Trinity Church*, écrasé par les verticalités interminables des gratte-ciels de *Wall Street*, un petit quadrilatère à la pelouse tondue ras qui abrite les tombes de plusieurs Pères fondateurs et témoigne de la naissance des États-Unis.

On dit que marcher dans une ville, c'est sentir battre son cœur. C'est sans doute encore plus vrai pour New York. Celui qui la découvre pour la première fois, la parcourra des kilomètres durant, le nez en l'air, à s'enivrer des clichés du rêve américain. Chaque image, chaque son, lui rappellera un film, et la découverte s'accompagnera de tant de reconnaissances. Les panneaux des noms des rues, les taxis jaunes, les vendeurs de hot dog, la sirène des voitures de police, les ponts suspendus, les cafés à emporter, le basket de rue, les bouches d'égout fumantes, les bouteilles d'alcool dans des sachets en papier. Le marcheur s'amusera peut-être de ces stéréotypes mais ne pourra s'empêcher de s'enorgueillir de détenir, à son tour, un peu de cette universalité.

Mais pour sonder l'âme d'une ville, mieux vaut, parait-il, s'intéresser à ses morts. Capter dans l'histoire de ses ombres, les secrets des vivants.

New York, mégalopole au sommeil pour toujours interdit, a de tous temps rejeté dans un réflexe de prétendue survie ceux qui ont embrassé le repos éternel. La ville est à l'image du pays. Elle glorifie la réussite et la prospérité. La mort y est considérée comme l'échec ultime. Alors on la cache. Depuis deux siècles, les New-yorkais délocalisent leurs disparus. On vit dans la Grande Pomme mais on va mourir ailleurs. Bien sûr, l'exiguë topographie en est pour partie responsable mais ce sont les prix prohibitifs du foncier qui serviront de principale excuse pour expatrier les cadavres en périphérie. Le cimetière de Green-Wood au sud de Brooklyn abrite plus de 600 000 sépultures dont toutes celles des membres de la mafia new-yorkaise et offre une vue sans égale sur la statue de la Liberté. Celui de Woodlawn, dans le Bronx, est réputé pour ses allées ombragées et le chant de ses oiseaux. L'été, on y donne des concerts de jazz. Un plan, distribué à l'entrée, permet de localiser la tombe de bon nombre de personnalités parmi lesquelles Duke Ellington, Miles Davis, Simon Guggenheim ou Herman Melville. Mais c'est à l'écart, sur une île interdite, la Hart Island que New York enterre en secret ses morts et sa honte. Les sans-noms, les indigents, les oubliés, les enfants mort-nés y sont mis en fosses communes par des détenus aux tenues orange du pénitencier voisin de Rikers Island. Un million d'inconnus s'y entasse depuis son ouverture en 1869. De nos jours, 1 500 encore chaque année. Circulez, bonnes gens, puisqu'il n'y a rien à voir.

Alors, bien sûr, il y a eu le 11 Septembre. Le traumatisme de tout un pays. D'une civilisation peut-être. La destruction des tours jumelles provoque le décès de 2 753 personnes. L'attentat le plus meurtrier jamais perpétré défigure la ville et change radicalement son rapport à la mort. On honore évidemment le courage des 343 pompiers et 60 policiers péris d'avoir essayé de sauver d'autres vies que la leur, mais surtout, des milliers d'anonymes deviennent les héros d'une nation tout entière par le simple fait d'être décédé. Aujourd'hui, l'eau ruisselle sur les parois des deux trous géants creusés en lieu et place des tours jumelles. Le mouvement incessant d'une cascade qui se recycle en son cœur, symbole d'une blessure à jamais ouverte dans les entrailles d'une ville qui n'a plus désormais le droit de cacher ses morts. Tout autour, un parapet porte l'inscription du nom de chaque victime, gravée dans le bronze.

Roméo referme le dossier que Grim lui a méticuleusement préparé. Sa lecture l'a ému. Les obsessions morbides du parleur ne le surprennent plus depuis longtemps. Il y trouve même une certaine forme de poésie. Les yeux mi-clos, Roméo songe à cette jeune femme qui s'est jetée du haut de l'Empire State Building. Les mots de la note manuscrite retrouvée dans son sac à main lui trottent encore dans la tête. *Je vous en prie, vous et ma famille, ne me donnez aucun service ou souvenir. Mon fiancé m'a demandé de l'épouser en juin. Je ne pense pas que je ferais une bonne femme pour qui que ce soit. Il est beaucoup mieux sans moi. Dites à mon père, que je ressemble trop à ma mère.* Que s'est-il passé dans sa tête, qu'a-t-elle ressenti ? Peut-être la peur, la sensation de chute, la vie qui défile, le soulagement. Peut-être rien. Roméo se dit que le plus court des instants, celui qui sépare la vie de la mort restera pour toujours une énigme mais que son existence devait confiner au supplice pour préférer s'échapper de la sorte.

Roméo essaye d'étendre ses jambes sous le siège devant lui mais n'arrive qu'à se cogner les genoux. Les avions ne sont pas prévus pour les voyageurs de plus d'un mètre quatre-vingts ; alors se résout-il à l'immobilité et à endurer l'inconfort des trois heures de vol restantes. Roméo n'a jamais mis les pieds à New York. Dans ses voyages, il a toujours privilégié les grands espaces et le silence au brouhaha des villes, se persuadant que la compagnie des êtres humains dans ces milieux concentrationnaires ne lui vaudrait que stress et complications. Roméo n'a aucune idée par où il va commencer. Grim lui a fourni les coordonnées du *talker* du cimetière de Green-Wood, son cousin d'Amérique en quelque sorte. Il l'appellera dès son atterrissage et lui demandera de l'héberger, au moins la première nuit. Roméo somnole. Les lumières tamisées de la cabine sont propices à la flânerie de ses pensées. Il constate que sa connaissance de l'Amérique est bien limitée. Il n'a jamais beaucoup aimé ce pays à l'individualisme forcené, qui sous couvert de liberté, sanctifie l'argent et célèbre la loi du plus fort. Il repense au 11 septembre et se rend compte qu'il ne se rappelle absolument pas ce qu'il faisait ce jour-là. Il cherche dans ses souvenirs. Il venait de se marier à Judith, la période heureuse était encore heureuse. Au moment où les avions percutent les tours, sans doute faisaient-ils l'amour. L'idée le fait sourire. Puis, sans raison, il repense à cette jeune femme en haut de l'Empire State Building et à son saut dans le vide. Roméo se dit qu'il grimperait bien, un de ces jours, jusqu'à la plateforme d'observation, autant pour embrasser la ville de son regard que pour un hommage discret. Mais rapidement, il se ravise. Non, il ne vient pas à New York pour faire du tourisme.

L'hypothèse d'un assassinat pur et simple les fit d'abord beaucoup rigoler. Puis, au fur et à mesure de leur réflexion, elle s'imposa comme une option, certes radicale, mais qui aurait l'avantage de l'efficacité. Tuer W, prendre sa place, délivrer le grand Aspirateur au monde. Ça semblait presque facile mais deux choses les chagrinaient. En premier, la morale évidemment, puisque ni l'un ni l'autre n'envisageait sérieusement d'ôter la vie à un être humain. Ensuite, l'exécution. Ils n'étaient, à l'évidence, pas ou peu compétents pour perpétrer un meurtre, et la perspective de se faire prendre et de finir leur vie en prison ne les réjouissait guère. Tous deux avaient cependant acquis la certitude que Roméo, pour récupérer ses biens – identité, héritage et avenir –, devrait d'une manière ou d'une autre éliminer W afin de le remplacer. En juste retour des choses.

Pour Roméo, c'était à la fois inverser la matrice, reprendre la main sur l'Univers, il ne voyait toujours pas d'autre mot, réintégrer sa vie et bien sûr, sauver le monde. Mais c'était, avant tout, un acte de justice immanente. À mesure qu'il se retournait sur son passé, Roméo se sentait sali, avili par l'existence même de ses doubles. Du Premier Autre plus précisément, puisque la mort s'était chargée de châtier son épigone. Ce Premier Autre l'avait souillé, amputé. Nié dans ce qu'il avait de plus intime. Abusé comme le sont les enfants sans défense. Et s'il concédait avoir saisi l'opportunité de son apparition pour fuir et changer de vie, il n'en éprouvait pas moins désormais une haine sourde mais tenace à son encontre.

Grim, à moitié sérieux, militait pour l'action violente. Si le meurtre était provisoirement écarté, il envisageait d'autres formes de châtiment du même acabit. Pourquoi pas le rapt, ou le pal, la gégène ou encore une scalpation. Son humour et son enthousiasme contrebalançaient le sérieux presque mutique de Roméo mais se perdaient parfois dans le grand n'importe quoi. Il faut dire que la tournure que prenaient les évènements le comblait d'allégresse. Jamais sa vie n'avait été aussi trépidante, peu importe qu'elle s'opère par procuration.

Les compères avaient bien vite éliminé la possibilité que W et le Premier Autre soient des personnes différentes. Trop de faits concordants. Trop de destinations communes. Trop de similitudes entre les œuvres de l'artiste et les inventions de Roméo. Et puis, toute cette histoire, depuis le début, n'était qu'une suite d'évènements hautement improbables mais qui s'enchaînaient et se complétaient si bien qu'il aurait été imbécile de n'y voir que des coïncidences.

Les idées, souvent farfelues et bien vite abandonnées, fusaient dans l'appartement transformé en *situation room.* Mais petit à petit, le plan prenait forme. Évincer W s'avérerait bien plus facile à réaliser que de le supprimer, tellement il s'était ingénié à brouiller les pistes pour préserver son anonymat. W n'avait ni visage ni signe distinctif. Personne ne l'avait jamais vu. Il était donc tout à fait inutile de le neutraliser physiquement quand il suffirait de se revendiquer lui, pour l'éjecter de sa propre vie. Lui voler sa gloire. Ranger le désordre. Et se venger du Mans.

Depuis des années, l'œuvre de W s'accompagnait d'un contrat de confiance entre lui et son public. Regardez l'objet. Digérer le message plutôt que louer le messager. Soyez surpris, ému, indigné. Grandissez sans injonction. En échange, il garantissait une sincérité élevée au rang d'évangile. Le couteau dans la plaie comme moyen d'action. Et la liberté des peuples comme objectif. Jamais, il n'avait trahi ses engagements. Ses œuvres, souvent éphémères, toujours poétiques, apparaissaient sans crier gare aux quatre coins de la planète, alertant sur une catastrophe humanitaire ou un conflit oublié, dénonçant des injustices flagrantes ou des scandales à venir. Sa renommée tenait autant à son anonymat qu'à la force de ses œuvres. Les deux s'autoalimentaient. Les spéculations sur son identité accentuaient l'intérêt autour de ses créations. Et comme les maîtres de la Renaissance avant lui, W trouvait dans l'impossible identification de l'auteur de l'œuvre, un moyen d'en amplifier la virtuosité artistique.

Grim avait compilé tout ce qu'Internet recelait comme information sur l'artiste. Mais c'était finalement assez peu. Des blogs affichaient la liste de ses réalisations. Là, on s'interrogeait sur sa faculté à jouer avec les codes de la notoriété. Ici, on polémiquait sur sa démagogie. Quelques enquêtes au long cours avaient bien essayé de briser le mystère de son identité mais elles avaient systématiquement échoué, se contentant le plus souvent de spéculations fantaisistes.

— Et une de plus ! s'écria Grim, le visage scotché à ses écrans.

— Une contrefaçon ?

— On va vérifier les dates mais je pense que oui. Ton homme le plus seul au monde, c'était quand ?

— 7 ou 8 ans, je dirais.

— Bingo. Comment ai-je pu passer à côté ? *Paris Match*, il y a trois ans. W dénonce la solitude, le mal du siècle.

— C'est tiré par les cheveux, non ?

— Attends, je te lis.

Grim entama la lecture d'un article publié dans les pages Culture du *Newsmagazine* : « Adan Otaiza est l'homme le plus seul au monde. Il est le gardien du phare du Cap Horn. Aucune âme qui vive à des centaines de kilomètres. Seulement 5 ravitaillements par an. » Grim sauta quelques paragraphes sans grand intérêt et repris : « L'artiste W part en guerre contre l'isolement dans nos sociétés et dresse devant le phare, un miroir géant de 60 m de haut, réfléchissant des deux côtés. L'œuvre qui renvoie dos à dos les solitudes du gardien du phare et des marins en mer s'intitule *L'origine de l'invention.* »

Roméo se remémora aussitôt le dialogue silencieux qu'il avait noué avec le véritable homme le plus seul au monde, en plein cœur de la forêt amazonienne. L'acte fondateur de sa vie vagabonde, l'origine de ses propres inventions. Une preuve de plus, s'il en fallait, du pillage dont il était victime. Il haussa les épaules, écœuré :

— Mais comment fait-il ?

Dans la bouche du parleur, les gloussements jubilatoires que sa découverte suscitait, se transformèrent alors en un flux ininterrompu de grossièretés dirigées contre l'artiste et son infamie. Depuis qu'il prenait son traitement anti-ballonnement, Grim pestait et jurait à la première occasion. Sans doute compensait-il de la sorte, la disparition de ses mini-orgasmes sphinctériens.

En une nuit blanche, les deux hommes façonnèrent les contours d'une machination qu'ils espéraient infaillible. Roméo prétendrait être W et révèlerait son identité. L'énorme buzz suscité par ce suicide symbolique se justifierait par l'urgence climatique, et Roméo dévoilerait alors le grand Aspirateur. Il fallait frapper vite et fort. Prendre l'opinion par surprise. Et laisser à l'effet boule de neige, le soin de révolutionner les esprits et aux scientifiques celui de réaliser le dispositif.

Si les grandes lignes étaient tracées, de nombreux détails demandaient à être précisés et les nuits suivantes y furent consacrées.

Grim décréta que l'amateurisme n'était pas une option et notait chaque détail dans un grand cahier. Il s'amusait à répéter, paraphrasant sans le savoir SunTzu, que tout le succès d'une entreprise réside dans sa préparation. Tout d'abord, ils choisirent

New York comme théâtre des opérations. La ville restait l'épicentre mondial de l'art contemporain et garantissait une exposition optimale. Elle était aussi le terrain de jeu préféré de W ces dernières années – nombre de ses réalisations trônaient encore dans ses rues –, mais surtout l'endroit où travaillaient les quelques journalistes chargés d'authentifier les œuvres de l'artiste anonyme. Roméo, nourri des recherches encyclopédiques réalisées par Grim, était persuadé qu'il lui serait bien plus facile de les mystifier de visu. Leur validation aurait valeur de preuve et plus rien ne viendrait, dès lors, dénaturer le propos.

Les comploteurs imaginèrent ensuite une mise en scène. De celle qui marque les esprits. Roméo fit le tour de ses inventions et se souvint de ce drone holographique multidimensionnel qu'il avait mis au point mais jamais utilisé. À la nuit tombée, il pourrait envahir la ville de ses lasers, dans une explosion festive de couleurs et de mouvements, pénétrant chaque rue, se reflétant sur chaque façade d'immeuble. Des images fantômes en trois dimensions, qui envelopperaient les gens dans une réalité virtuelle et leur enjoindraient de connecter leur Bluetooth pour écouter le message. Grim adhéra immédiatement à l'idée d'un gigantesque son et lumière. Une dernière performance interactive en guise d'adieu pour W. Pas mal !

Enfin, ils élaborèrent le discours. Il fallait convaincre de l'impérieuse nécessité du grand Aspirateur. Dès la première tentative, Roméo n'eut aucune difficulté à trouver les mots et le ton adéquat. Dans une improvisation à l'éloquence charismatique, il convainquit son auditoire imaginaire que, lorsque le monde court à sa perte, la bonne conscience ne suffit plus, les discours non plus. Que l'art n'est finalement qu'une manière de ne pas agir. Que face au danger, la nature humaine impose de s'engager. Et qu'en révélant son identité, il sacrifie certes son personnage et sans doute son art mais que la situation exige un changement radical des comportements. Et surtout crie son besoin de solution.

Quand Roméo conclut : « Mesdames et messieurs, je vous présente le grand Aspirateur », Grim ne put s'empêcher d'applaudir. Et c'est ainsi qu'à l'aube d'un matin froid d'hiver, au quatrième étage d'un petit immeuble de Clamart, Roméo devint W. Usurpateur de son usurpateur.

À son arrivée, la démesure architecturale et l'incessante activité l'ont presqu'intimidé. Pas suffisamment pour l'empêcher de fuir dès qu'il en avait l'occasion, la minuscule chambre au premier étage de l'immeuble en brique d'Alphabet City dont le *talker* lui a remis les clés à l'issue d'un jeu de piste digne d'un roman d'espionnage. Andy, qui ne s'appelait sans doute pas Andy, lui avait sommairement expliqué au téléphone que les parleurs américains étaient surveillés par le FBI, qui classait cette activité au sein des NRM (*New Religious Movement*), une secte en quelque sorte.

Par messagerie cryptée, Andy lui avait ensuite fixé des rendez-vous successifs pour vérifier qu'il ne soit pas suivi. De bonne grâce, Roméo s'était livré à l'exercice, se réjouissant du dépaysement instantané que la paranoïa de son interlocuteur lui procurait. Il s'était fondu dans la foule de la 42e rue, avait changé deux fois de métro, traversé un parc, rebroussé chemin, pris un bus *crosstown* pour finalement se retrouver dos-à-dos avec l'Américain, assis sur des chaises en bois dans un Lavomatic de la Rogers Avenue à Brooklyn. Dehors, la nuit était tombée. La brume, ou était-ce un crachin, diffusait par taches, la lumière jaune des lampes à sodium qui équipaient encore les lampadaires du quartier jusque sur les murs de la laverie. Le visage du *talker* était camouflé par la capuche noire de son sweat, sa voix hésitante et le tremblement de ses jambes accentuaient l'atmosphère de clandestinité. Andy évoqua la grande famille des parleurs à travers le monde, son déclin inéluctable et la nécessité de s'entre-aider. Il glissa une enveloppe, contenant clé et adresse d'un logement, dans la main gauche de Roméo et, sans autre formalité, se leva et disparut.

Étriqué, l'appartement ressemblait à une chambre d'étudiant. Un lit une place, une table, une chaise, un placard et une climatisation aussi bruyante qu'inefficace. Salle d'eau et cuisine communes au bout du couloir. Roméo, allongé sur le lit, observait le ciel laiteux qui perlait sous la buée de la fenêtre à guillotine. Il était certes content d'avoir repris la pratique du voyage mais se demandait bien ce qu'il venait foutre ici.

Il lui fallut de nombreuses promenades, au lever du jour, à arpenter les rues sans noms, les quartiers sans touristes, pour apprivoiser la ville et commencer à l'aimer. New York, dévêtue de ses lumières d'apparat, offre à celui qui ose l'humilité, la chaleur de ses bras. Roméo aime la quiétude qui s'en dégage. Ou plutôt, la sérénité qu'il ressent en la traversant. Ici, les autoroutes urbaines ont remplacé les immensités sauvages de ses précédents voyages, mais ni le bruit ni l'agitation ne réussissent à contrarier l'harmonie qui nourrit de nouveau sa marche. Il ne lui reste plus qu'à régler cette histoire de W et de grand Aspirateur et la cadence de ses pas pourra recommencer à ordonnancer ses jours. Cette période française lui apparaîtra bientôt comme une verrue sur le cours de sa vie. Hernie disgracieuse dont passé et sédentarité se disputaient le développement. Une page bientôt tournée.

New York est immense. Huit fois Paris. Son plan perpendiculaire, ses rues identiques lui confèrent l'illusion du rangement, mais c'est une ville fantasque, cosmopolite, traversée par l'esprit des migrations. Chaque quartier est un voyage en soi alors Roméo s'imbibe. Et s'il s'étonne de cette étrange juxtaposition des cultures, jamais il ne s'arrête pour en décoder les équilibres. Roméo est un flâneur, pas un ethnologue. Nul besoin d'échanger, l'être humain l'intéresse comme entité, moins comme individu. À part Grim évidemment. Marguerite, Judith et les filles dans une moindre mesure.

Cette année, l'hiver a du retard et tarde à engourdir la ville de sa rigueur habituelle. La lumière chaude et rasante qui s'engouffre dans les larges avenues de Manhattan et se reflète comme autant de mini-soleils sur les fenêtres des immeubles semble, au plus grand désarroi des vendeurs ambulants de *clam chowder* ou de pashmina, narguer le temps et son immuable loi de la succession des saisons. Roméo profite de la douceur pour pousser chaque jour ses pas un peu plus loin. La plage de Rockaway Beach, les *projects* de Brownsville, le vrai *Chinatown* de Flushing. La déambulation quotidienne commence invariablement par un état des lieux des dossiers en cours. Roméo dresse la liste des choses à faire. Des gens à contacter. Mais très vite, il perd le fil et ses pensées affluent de manière autonome. De temps à autre, l'image du visage de Marguerite lui apparaît, et Roméo ne peut empêcher une pointe de culpabilité de le traverser. Mais très vite, un réflexe utile et conditionné convoque l'ombre du Premier Autre pour en chasser le poids. Qu'il soit devenu W, un artiste mondialement reconnu pour son humanisme et son empathie, ne change rien à l'affaire. Après la lui avoir volée, le Premier Autre a abandonné sa Marguerite du jour au lendemain. Sans aucun égard. Si lui est un lâche, W est un salaud.

Ses pensées anarchiques le ramènent cependant toujours au grand Aspirateur. Comme si l'invention avait colonisé son cortex préfrontal. Ces derniers mois, d'importantes avancées scientifiques renforcent ses certitudes quant à sa prochaine et possible faisabilité. La découverte d'autoroutes cosmiques au sein du système solaire permettra la circulation bien plus rapide des déchets. Les frottements des neurones digitaux entre eux, nouvellement créés par les ordinateurs quantiques, dégageront une énergie bien supérieure à tout ce qui est connu et résoudront le problème de la charge nécessaire au processus d'évacuation. Enfin, des scientifiques chinois ont dernièrement réussi la téléportation de photons sur des milliers de kilomètres et expérimentent désormais les voyages de matière et d'énergies. Des progrès qui redessinent la frontière entre science et science-fiction et font bondir le grand Aspirateur de la case *Concept gentiment naïf* à celle de *Solution révolutionnaire à mettre en œuvre de toute urgence.* Le monde remerciera bientôt Roméo de son entêtement. Et louera, à posteriori, les bienfaits de la marche.

La distance et le décalage horaire ne facilitent pas le dialogue, mais chaque jour, Grim s'attache à donner de ses nouvelles. Il est crevé, a repris son travail à contrecœur, intervient au moins trois fois par semaine au cimetière de Clamart pour ses causeries d'accompagnement funéraire et continue, malgré tout, ses investigations nocturnes pour aider Roméo. Bien que le parleur s'en défende, Roméo sent parfois au creux de ses silences, sourdre les reproches de l'abandon. Pourtant, il s'efforce d'alimenter le lien, d'équilibrer la relation. Il n'est certes pas encore allé visiter les cimetières des environs comme il l'avait promis. Il n'a pas non plus pensé à recontacter Andy pour échanger sur les pratiques des parleurs outre-Atlantique. Mais il associe son ami dans chacune des décisions concernant le grand Aspirateur. Il laisse à ses talents informatiques la préparation de la future usurpation d'identité. Et lui envoie une photo chaque fois qu'il croise un bout d'ananas ornant une pizza new-yorkaise.

Le soir, Roméo a pris l'habitude d'un détour. Il s'arrange pour rentrer par la ligne 1 et descend à la station WTC Cortlandt. Quand il gravit les escaliers qui le ramènent à la surface et débouche dans le vide laissé béant des tours jumelles, la même impression le glace à chaque fois. Quel étrange endroit où le poids des morts béatifie un espace vide. Où le silence en impose à l'histoire. Où les fantômes fixent les vivants. Au printemps, Grim lui avait parlé du *dibbouk*, un mot yiddish qui désigne une âme qui, parce qu'elle n'a pas eu la possibilité de mourir en paix, choisit de venir habiter le corps d'une personne vivante. Roméo a l'étrange sensation que cet endroit en est une salle d'attente. Ici, comme à Auschwitz ou au S21 au Cambodge, les âmes perdues semblent encore espérer une issue.

L'idée surgit sur le chemin qui le ramène à sa minuscule chambre d'Alphabet City. Vers Tribeca. Impérieuse évidence ourdie de sacré. Le grand Aspirateur, sa représentation holographique tout du moins, sortira des fosses du World Trade Center. Une immense colonne de lumière multicolore qui irisera la nuit dans un mouvement centrifuge et habitera l'espace endeuillé des tours jumelles. Le flux en trois dimensions traversera les nuages et dessinera une hélice à la rotation perpétuelle qui symbolisera autant l'aspiration de tous les poisons du monde que l'envol des âmes et la fin de leur errance. Bien sûr, la logistique s'annonce un véritable casse-tête, mais Roméo ne s'embarrasse pas de ces questions pour le moment. Euphorique, il préfère imaginer la tête de Grim quand celui-ci prendra connaissance de l'évolution du projet et trouvera l'idée aussi géniale qu'irréalisable. Là, Roméo sait qu'il touche au but et c'est l'essentiel. La dernière étape. La fin de sa mission. Les trois rues de Little Italy. Bientôt Bowery sur la droite. Roméo se sourit à lui-même. Rien n'a changé et pourtant, une réjouissante apesanteur allège le rythme pendulaire de ses pas. Roméo se sent soulagé du poids du devoir. Bientôt débarrassé des ressacs. Autour de lui, personne pour se moquer des pas de danse qu'il entame maladroitement en guise de célébration sur les trottoirs défoncés de l'Avenue C. Seules quelques ombres au loin se hâtent de rentrer chez elles. Quand il arrive au pied de son immeuble, Roméo se souvient qu'il n'a rien à manger pour ce soir. Alors qu'il cherche ses clés dans les poches de son pantalon et hésite à retourner deux blocs en arrières jusqu'au supermarché, une voix retentit derrière lui :

— Roméo ?

Une voix de femme. Ferme et grave. Il se retourne. Une ombre se détache et s'approche. Encore un pas et il pourra distinguer les traits. Des cheveux longs, bruns qui dépassent d'un chapeau de feutre. Des lunettes de soleil qui lui barrent le visage. Roméo plisse les yeux dans une vaine tentative d'identification.

— Roméo ?

— Oui.

— Bonjour. Enfin bonsoir. Je crois qu'il faut qu'on parle.

— Qui êtes-vous ?

— Je m'appelle… Enfin, je suis W.

Si le temps du rêve, la durée se fige et ne se décompte plus. Si l'obscurité s'affranchit de la réalité et de tous ses pressentiments. Si l'entièreté de l'espace mental se laisse envahir par l'intangible volupté. Si ne subsistent que l'exagération des sens et l'étrange apesanteur. Si à l'incompréhensible se substitue la magie de l'unisson, et qu'aux ivresses succèdera bientôt l'inextinguible flamme, alors Roméo ne veut plus avoir à se réveiller.

Toutes les fuites – les départs, les mensonges, les explorations, le temps qui passe – se sont stoppées net, lui laissant libre accès à un monde aux dimensions jusqu'ici inconnues. Un songe éveillé. Au confins du paradoxal. Sans frontière. Sans histoire, sans futur. Un concentré d'instants à l'honnêteté bouleversante. Dont l'intensité, tout d'abord violente pour celui qui la découvre, se mue bientôt en de profondes et incessantes vagues euphorisantes qui saturent aussitôt un vide intérieur qui s'ignorait. Comme les spasmes d'un orgasme. Mais en mieux.

Roméo a perdu ses repères. Tous ses repères. Il n'a pas cherché à lutter devant l'ouragan et s'est lové avec candeur dans l'évidence. Depuis, il n'y a plus rien de réel. Ni aucune limite. Tout se mélange. Les sons s'agrègent entre eux et remplacent les rares paroles échangées par une modulation lointaine et veloutée, les ombres éclairent les ralentis des gestes, accompagnent la communion des peaux. Une lente oscillation s'empare de chaque particule et refuse désormais toute dispersion. La fusion comme seule issue.

Roméo s'empêche de penser. Il ne veut pas mettre de mots sur cette félicité. Il ne veut pas s'extraire des délices. Il invoque la permanence et, à défaut, cherche dans l'immobilité un moyen de capturer le temps. Il ne fait plus de différence entre le corps et les sentiments. Les doigts qui caressent, les pieds qui se cherchent, les bouches qui embrassent, les sexes qui désirent. La température des organismes s'est élevée pour se stabiliser au niveau exact où se confondent la douce fièvre qui maintient dans une léthargie enchantée et les moiteurs sanguines du désir qui soumettra bientôt à nouveau. Tout n'est qu'une immense énergie à la flagrante réciprocité, un amour fou et impérieux qui l'émeut et lui donne envie de pleurer.

Roméo la regarde et se sent complet pour la première fois de sa vie. Absolument prisonnier de ses sens mais totalement libre de ses ressentis. Elle est l'aboutissement et les raisons de ses errements. Elle est profonde, solaire. Ensorceleuse. Elle est la surprise, l'inattendue. Cet appendice de la vie que l'Univers – il ne voit pas d'autre mot – lui avait donc réservé. Merci.

Roméo ne la nomme pas. Comment le pourrait-il ? Il préfère se dire qu'elle est la lumière. Celle qui rend les choses visibles et illumine la voie. Celle qui éloigne la nuit et irradie ses affres. Ah qu'il fut long et tortueux le chemin pour en arriver là. Mais Roméo n'en a cure. Seul compte désormais l'instant et la pleine conscience de cet instant. Alors que son corps entend répondre une nouvelle fois à l'appel de la chair, resurgit en guise de réminiscence cette injonction taguée à l'adolescence sur un mur décrépi du Mans : le moment au moment du moment.

Longtemps la cadence de ses pas a remplacé le vide de son cœur mais aujourd'hui, les lents mouvements de son bassin vengent la déshérence. Il s'emplit de tout, de trop. Comme un bagnard privé de liberté qui redécouvre le bleu du ciel. En elle, il en oublie le périmètre de son corps, et les frissons qui le parcourent, se propagent à l'évidence dans chaque atome de matière qui la compose. Lui faire l'amour, c'est s'accoupler à l'harmonie. C'est se dissoudre dans la douceur. Chaque geste, chaque caresse s'accompagnent d'une hyper conscience sensorielle mais s'affranchit de toute animalité. L'entonnoir de la délicatesse. Sans même le vouloir, ils ont l'un l'autre pénétré leur intime précieux et ne peuvent déjà plus s'en détacher. Roméo la respire, s'enfonce et s'agrippe en elle. Parfois, il en vient à espérer une apnée salvatrice, ou même la fin provisoire du monde, pour éloigner le trop plein d'émotion que son cerveau n'a ni le temps ni la place de digérer. Jamais il n'aurait cru que la communion de deux corps puissent à ce point élever des êtres au-dessus des médiocrités humaines. Roméo garde les yeux fermés mais s'enivre de toute cette beauté. Elle met de la paix dans l'urgence, du profond dans la frénésie. Surtout elle met de l'autre en soi.

Roméo n'a jamais cherché à la détailler puisqu'elle n'est pas sécable. Il n'a pas, non plus, eu à hésiter puisqu'elle est indispensable. Sur son visage, il a décelé la plus belle chose qu'un être humain puisse voir. La tendresse. Alors, l'évidence a atomisé les résistances et s'est imposée en symétrie parfaite. Leurs mains se sont jointes, leur peau se sont soudées. Et depuis leur corps disputent au ciel, le droit au paradis.

Les instants se succèdent et disparaissent. Il n'y a pas de souvenir possible quand le présent dévore tout. Roméo ne se rappelle déjà plus les jouissances. Leur intensité. Ou même leur fréquence. À quoi bon vouloir compiler un bonheur quand sa nature est éphémère ? Alors que son corps se délestait des liqueurs reproductives, son intérieur se gorgeait d'une sève guérisseuse bien plus essentielle, un fluide brûlant et nourricier qui parcourt ses veines, ses entrailles et castagne son cœur. Serait-ce là le signal de la fin de la solitude ? Roméo en savoure l'oracle mais en accepte la fragilité.

Autour d'eux, le reste du monde se contente du flou. Nul besoin de parasiter ces vibrations qui les amalgament, ces merveilleuses invisibilités qui les animent et leur suffit. Roméo, lors de ses voyages, a quelques fois gouté aux paradis artificiels. Plus par curiosité que par inclination. Il se souvient de flottement, d'acuité, d'ébullition suivi d'évaporation, d'une concentration d'ego et du temps en coton. Il se rappelle surtout une bulle où il faisait bon être avec soi.

Ici, la sensation est similaire. Sauf que les arômes de sa peau remplacent les substances illicites. Que le temps n'existe pas. Et surtout que la bulle est biplace.

Quand la fatigue les surprend et les entraîne vers les rives inconnues des songes, la crainte d'une séparation les force à rester éveillés. Un combat perdu d'avance. Au réveil, leurs yeux, leurs mains, se cherchent pour se rassurer. Comme leurs corps sont toujours agrégés l'un à l'autre et que le désir renaît déjà, ils comprennent alors que cette histoire survivra aux épreuves.

Quelle étrange sensation que de se sentir habité par un autre que soi et de n'en éprouver aucune inquiétude. De n'en prévoir aucun rejet puisque la greffe n'est pas réversible. Avec elle, Roméo se sent vierge de tout ce qu'il découvre. Leurs baisers ne sont pas que des baisers. Ils déforment l'espace-temps et taisent les mots inutiles. Leurs étreintes sont bien plus que des étreintes. Elles recèlent un désir infini qui plutôt que de succomber au rythme saccadé des jouissance ou à la fuite des hormones, s'en nourrit pour s'épaissir un peu plus chaque fois. Leurs regards s'empêchent d'être des regards. Quelle infamie serait de donner à l'observation le pouvoir de la distance ou la possibilité d'une déception. Cette union relève de la magie. Et rien d'humain n'arrivera à en réduire la puissance. Roméo ne sait toujours pas s'il croit au destin. Malgré toutes les péripéties de son existence, il se demande encore si les événements s'enchaînent sans autre ordonnancement que celui du hasard. Ou si les rencontres comme celle-ci sont écrites quelque part. Il a longtemps cru que les gens confondent destinée et occasion, et trouvent dans un galimatias de croyances souvent contradictoires la réponse à toutes leurs ignorances. Mais aujourd'hui, il avoue ne plus rien penser, encore moins savoir. S'il ne s'obligeait à se laisser porter par la vague merveilleuse, il se poserait encore et encore ces questions insolubles sur le sens ou le but d'une vie. Quel serait l'intérêt d'expérimenter ces bouleversements intérieurs si l'existence se réduisait au seul triptyque naître, se reproduire et mourir si ce n'est se leurrer sur la suite et oublier qu'à la fin, tout s'arrêtera. Mais quand l'amour s'impose aussi vite, aussi fort, lorsqu'il dépasse les corps et les consciences, il emporte avec lui les adhérences et délivre des doutes. Roméo comprend que la seule chose qui compte désormais, c'est d'être à ses côtés. Au bon endroit avec la bonne personne. Que l'amour est la seule fiction valable. Que tout le reste n'existe que pour combler le vide de ceux qui en sont privés. Quelle bêtise ! Il lui aura fallu tout une vie pour comprendre cette histoire qu'on raconte dès leur plus jeune âge aux enfants. Qu'importent les ambitions, les réussites, les voyages ou même les inventions. Que de temps perdu en surface. Mais Roméo sait que la vie n'est pas finie. Pas encore. Il paraît qu'à partir de 40 ans, les taux hormonaux comme la puissance érotique déclinent. Et qu'avec eux l'énergie créatrice périclite. Les grandes inventions, les chefs d'œuvres littéraires ou cinématographiques n'ont-ils pas pour la plupart été réalisés par leurs auteurs avant cet âge ? Alors, que reste-t-il aux gens comme lui qui naissent à la vie bien après cette échéance ? Roméo serre dans ses bras le corps de cette femme qui lui donne l'énergie de se réinventer, de rester vivant. Il sent l'onde circulaire qui les traverse et le ravissement qui s'annonce. Les yeux toujours fermés, ils s'enivreront l'un de l'autre. Ils s'échapperont vers un monde où nul ne pourra les déranger. Et se consacreront à l'improvisation. Avant que le sublime ne les emporte à nouveau, Roméo comprend que ses vies d'avant n'ont servi qu'à ça. Être libre, sans attache, sans fardeau. Qu'elle est un trésor qui mérite ses absolus. Et que par chance, il a une vie toute neuve à lui offrir.

L'éclairage tamisé de la chambre contrebalance l'aspect clinique de sa décoration. Les meubles en laque blanche et leur design contemporain se détachent d'un écrin beige et crème aux multiples tonalités. La chaleur du parquet en bois brut contraste avec l'impression futuriste des lieux mais le spectacle est ailleurs. L'immense baie vitrée qui fait face au lit, offre une vue plongeante à couper le souffle sur l'esplanade du mémorial du World Trade Center. Ils ont pris une chambre au 58e et dernier étage et, entre chaque étreinte, quand les corps et les mots s'épuisent, la contemplation panoramique, la nuit surtout, les emplit d'une émotion puissante, à la frontière de la catalepsie.

Ils ne sont pas sortis du lit depuis des heures, des jours même. Les draps défaits ont gagné en poésie ce qu'ils ont perdu en fraîcheur. Leurs corps emmêlés ne peuvent se résoudre à s'éloigner, ne serait-ce le temps de répondre à des besoins naturels. Dans ce lit, l'urgence et la béatitude se disputent la faveur du temps et de ses inféodés. Quand le bonheur ressemble à la fin du monde.

— Ça ne pourra jamais être mieux…

— Chut… Faut pas dire ce genre de choses, proteste-t-elle dans un souffle.

— Pourquoi ?

— Imagine que quelqu'un ou quelque chose décide de tout ça. S'il t'entend, il pourrait vouloir nous l'enlever. C'est insolent ce qui nous arrive.

— Tu es un peu mystique, non ?

— Sans doute les restes de mon éducation judéo-chrétienne.

— Tu as grandi où ?

— À Clermont-Ferrand, enfin un petit village à côté. À 6 000 km d'ici, de cette chambre, de notre trottoir.

Ce soir-là, au coin de l'avenue C et de la 4e rue, Roméo avait capitulé sans même chercher à lutter. À la surprise s'était vite substitué l'éblouissement. En se retournant, alors que ses yeux la découvraient tout juste, Roméo savait déjà que le reste de sa vie serait consacré à la conquérir. En un instant, cette femme, son regard ébène et transperçant, l'élégance de son attitude, sa voix grave, presque éraillée, avaient vidangé Roméo de sa soif de revanche et rendu obsolètes tous les stratagèmes minutieusement élaborés avec Grim. Aussi n'eût-il d'autre choix que d'avouer. Bafouillant, penaud comme un enfant pris le doigt dans un pot de confiture. L'Autre, Judith et les filles, le Premier Autre, Marguerite et Le Mans, ses voyages, Grim, le grand Aspirateur, sa vengeance et New York, il raconta tout, sans omettre le farfelu, conscient qu'aucune personne douée de raison ne pourrait y accorder le moindre crédit, mais absolument convaincu de ne pouvoir s'affranchir de la transparence. Des heures immobiles sur ce trottoir gras, sans aucun espoir de convaincre. C'est alors que W s'approcha, lui prit la main et l'invita à la suivre.

— Tu croyais vraiment que ton plan allait marcher ?

Ils déambulèrent en silence tout d'abord. Direction ouest, vers l'Hudson River. Puis elle se mit, à son tour, à lui parler. Sa voix, parfois rauque, semblait résonner. Comme si les mots rebondissaient sur les murs de la ville, s'altéraient de quelques précisions mais parvenaient, enveloppés d'une douceur analeptique, à leur destinataire. Elle révéla n'avoir jamais mis les pieds au Mans, ne connaître aucune Marguerite et n'avoir volé ni œuvre ni idée à qui que ce soit. La cocotte-minute n'était qu'une pathétique lamentation amoureuse envers un artiste fan de Bacon et du Caravage dont elle était éprise et qui ne peignait que ça, des autocuiseurs. Technique mixte. Un mètre par un mètre. L'homme en avait peint une centaine avant de s'en désintéresser et de partir photographier des routes. Elle l'avait alors attendu en vain, le salaud, lui préférant définitivement la poussière et le bitume.

Roméo priait que W n'arrête jamais de parler afin que sa main ne quitte jamais la sienne. Alors que toutes ses certitudes s'écroulaient et auraient dû le replonger dans des affres existentielles, il se découvrait étonnement serein. Être à ses côtés, l'écouter parler, suffisait. Il n'avait cure de s'être autant trompé. Et à ses oreilles, le flot des mots se métamorphosait en une musique ouatée qui, obéré du sens, se révélait caresse.

— Tu imagines bien que je ne suis pas totalement anonyme. Il y a des gens qui savent qui je suis, mon agent, mon galeriste. Quelques journalistes. Ceux qui me font gagner de l'argent. En fait, t'es super naïf mais c'est mignon. Ça n'aurait jamais marché, tu sais, de me remplacer. D'ailleurs, on m'a tout de suite prévenue. Quand je pense que tu as même pensé à m'assassiner ! Au fait, tu sais pourquoi je m'appelle W ? C'est la ligne de métro où j'ai installé mes premiers collages dans les années quatre-vingt-dix. Ici, à New York. W, la ligne des touristes. Battery Park, Cityhall, Union Square, l'Empire State Building, le Flatiron, Times Square. C'est marrant que personne n'ait jamais pensé à faire le lien.

La nuit et ses vapeurs avaient engourdi la ville. Quelques silhouettes s'improvisaient fantômes et disparaissaient dans la pénombre dès qu'une attention les distinguait. Impossible de se rappeler, ni du chemin emprunté, ni du temps afférent, mais le couple se retrouva juste avant l'aube, dans cette chambre de l'hôtel W – simple coïncidence ? –, immense rideau de verre avec vue directe sur les vestiges du World Trade Center et n'eurent alors de cesse d'y entamer puis d'y prolonger leur marathon amoureux.

— Grim pense qu'il y a ici une hyper concentration d'âmes qui continuent d'errer depuis le 11 septembre. Parait que ça fait souvent ça avec les morts violentes. Tu y crois toi ?

W ne répond pas. Elle semble réfléchir. Sa tête lovée dans le creux de l'épaule de son amant, les yeux perdus dans le vide de la nuit, devinant sans vraiment les distinguer les deux trous qui s'enfoncent en lieu et place des tours jumelles.

— Il existe vraiment ?

— Qui ? Grim ?

— Oui.

— Tu crois que je suis fou ? Que je me suis inventé tout cette histoire dans ma tête ?

— Que la réalité s'arrange avec toi ou que toi tu t'arranges avec la réalité, quelle importance ! On a tous des amis imaginaires, des objets transitionnels. Des tocs, des névroses. On essaye de faire avec l'absence, la peur, la mort. On s'invente des parades, des protections. Alors du moment que ça t'aide à vivre…

— C'est ce que je dis, tu me prends pour un taré. Que tout est faux.

— Non, tu ne comprends pas. Je suis en train de te dire qu'on s'en fout, que ce qui est vrai, c'est nous. Et qu'il n'y a qu'un seul toi, ici, avec moi. Tu as eu des vies successives, pas simultanées. Tu es unique. Il n'y aura jamais qu'un seul être que tu sentiras vivre de l'intérieur. Il n'y aura jamais qu'un seul toi qui me fera l'amour. Les Autres, réels ou imaginaires n'ont jamais été toi et ne le seront jamais.

— Tu n'as pas envie de connaître la vérité ?

— Est-ce que c'est important ? Tes doubles, c'est ton bagage. Ton poids mais aussi tes ailes. D'autres ont des drames familiaux, des secrets de familles ou des accidents. Chacun porte son fardeau. Après, le tout est de savoir si ça t'écrase et t'empêche de vivre cette unique vie là. La seule que tu ressens. Je pense que la conscience de l'instant prévaut sur tout. Alors, depuis nous, les autres on s'en fout, ils n'existent plus. Nous sommes seuls. L'un face à l'autre. La vérité est là.

La démonstration est imparable. Et Roméo n'a qu'une envie, croire cette femme. Il ne s'était jamais dit que les mots pouvaient avoir une vertu autre que celle de la communication. Ceux-là guérissent, allègent. Ils emplissent l'espace, font résonner l'amour, réchauffent la confiance et ne s'interrompent que lorsque les corps s'animent et demandent au silence d'accompagner leur transe. Ils sont le remède. Ici, il n'y a plus l'horrible solitude. Ici, il n'y a plus besoin de courir derrière soi dans une vaine et épuisante quête d'un quelconque sens à la vie. Ici, il n'y a plus ni Autre, ni Premier Autre. Ici, il n'y a que les mots qui font du bien.

— Et le grand Aspirateur ?

— On va le faire ensemble. Enfin si tu es d'accord.

Roméo sourit. Il n'est plus seul.

Les mots de W reprennent leur farandole. Ils parlent de climat, de marché de l'art, de révolution permanente. De physique quantique et de théorie des cordes. Ils racontent l'amour fou, les yeux bleus et pourquoi pas un bébé. Ils s'agglomèrent et forment une douce litanie sur laquelle les angoisses peuvent enfin se reposer. Roméo ferme les yeux et se laisse bercer. Il se souvient d'un voyage en Inde, quelque part sur la route de Varanasi. Dans la cour d'une maison, boueuse puisqu'il avait plu sans discontinuer durant trois jours, un homme âgé tentait d'allumer un feu. Roméo s'était approché, avec le secret espoir de se réchauffer. L'homme lui avait dit : « Tu peux te reposer, tu es arrivé. » Alors, Roméo avait passé quelques jours au sein de sa famille, dont les principes hindouistes guidaient chacune des actions. Avant de partir, l'homme lui avait enseigné les quatre lois de la spiritualité. Quelle que soit la personne que nous rencontrons, c'est la bonne personne. Quoi qu'il nous arrive, c'est la seule chose qui peut arriver. Chaque moment où quelque chose commence est toujours le bon moment. Ce qui est fini est fini. Roméo n'y avait jamais repensé jusqu'à ce jour. Pourquoi ce souvenir vient-il s'immiscer dans un présent qui se suffit à lui-même ? Pourquoi cette intrusion a le goût désagréable de la trahison ? Alors, Roméo se force à rouvrir les yeux. À regarder les mots qui s'échappent de la bouche de son aimée afin de retrouver cette paix qui l'avait, jusqu'ici, si bien délestée des questionnements.

— Je crois que j'ai peur.

— De quoi ?

— De m'endormir, de me réveiller, de te perdre, de nous oublier.

— C'est impossible, tu le sais. Viens contre moi. Plus près. Les peaux ne savent pas mentir.

Sur la ville, le jour s'est levé. Les brumes matinales commencent à se dissiper. En contrebas, quelques faisceaux rasants se jouent des gratte-ciels et viennent parsemer les granits. Les mots se sont tus. Le silence a envahi la chambre. W est là, tout contre lui. Roméo prend une longue inspiration. Il sent l'air chaud qui se faufile dans sa gorge avant de venir gonfler sa poitrine. Il se dit qu'il n'y a pas plus réel et plus irréel que ce qu'il vit là. Et maintenant ?

Numéro d'intervention : 1342
Cimetière du Bois-Tardieu, Clamart (92)
Allée E, Division 3, Emplacement 27
Défunt : Roméo, 49 ans, Cancer généralisé
Temps sec, soleil voilé, 17°
Retranscription de l'enregistrement
du 13 mars à 10 h 30

Bonjour Roméo. Je m'appelle Grim. Je suis là pour vous accompagner et vous soutenir dans l'épreuve que vous traversez. Je sais que c'est un moment pénible alors je vais vous parler pour que vous vous sentiez moins seul dans le voyage que vous vous apprêtez à faire. Je suis sûr que vous m'entendez et j'espère que mes mots et le son de ma voix sauront vous apaiser. J'aimerais qu'ils vous servent de guide, comme une chandelle dans l'obscurité. Voilà comment je vais procéder : je ne vais pas arrêter de vous parler. De vous, de votre vie, de vos proches. Des choses que vous aimiez, des choses que vous avez réalisées. Je vous demande pardon d'avance pour les erreurs, les inexactitudes ou les omissions que je ne manquerai pas de commettre puisque je ne vous connaissais pas de votre vivant, et que les informations que j'ai recueillies proviennent uniquement d'Internet et de la cérémonie qui vient de s'achever.

Tout d'abord, je me présente. Je m'appelle Grégoire mais tout le monde m'appelle Grim. Je ne sais pas vraiment pourquoi. Surtout que ça veut dire lugubre en anglais alors que je suis plutôt quelqu'un de rigolo, comme vous vous en apercevrez. Que dire ? J'ai 36 ans. Je suis gros, presqu'obèse. Sans doute à cause de mon alimentation et de mon absence quasi totale d'activité physique. Je suis un dévoreur monomaniaque de pizza. Toutes les pizzas, base tomate ou crème, pâte fine ou épaisse. Toutes, sauf celles avec de l'ananas bien sûr, qui sont une véritable hérésie, comme les glaçons dans un verre de vin rouge ou des santiags sous un pantalon de jogging. Je suis ce qu'on appelle un geek, je passe mes journées et une grande partie de mes nuits devant des écrans d'ordinateur. C'est comme ça que je gagne ma vie. Je mine des bitcoins et je spécule sur les crypto monnaies. Ça ne doit pas beaucoup vous parler, surtout que vous n'étiez apparemment pas très ami avec la finance et le capitalisme. Cela fait bientôt dix ans que je pratique le dialogue funéraire, qui, je vous l'accorde, est plutôt un monologue par la force des choses. J'enregistre, je retranscris et je compile. Je suis un collectionneur des vies anonymes, en quelque sorte.

Au niveau cellulaire, la mort est un processus au cours duquel certaines cellules meurent avant d'autres. Roméo, vous ne respirez plus mais certaines activités se poursuivent à l'intérieur de vous. Vos cheveux et vos ongles continuent de pousser. Vos spermatozoïdes sont encore bien vaillants, et votre cerveau héberge toujours de micros échanges électriques. Bien sûr, vous n'entendrez pas tout ce je dirai. Ce sera partiel, sûrement déformé. Surtout que le cercueil doit considérablement étouffer les sons. Mais le débit ininterrompu de ma voix agira comme le faisait le doudou de votre enfance. Elle vous rassurera, un genre de Prozac de l'au-delà. Roméo, j'ai bien conscience que vous devez être terrorisé mais je vous promets que je vais faire de mon mieux pour vous soulager.

Avant de commencer, je tiens à vous faire part d'un détail technique qui peut se révéler embarrassant, et je préfère que vous vous sentiez parfaitement à l'aise durant notre session. Votre corps se désagrège en ce moment et malgré l'embaumement, des gaz s'accumulent à l'intérieur. Ils vont vouloir s'échapper, c'est la nature, vous ne pourrez rien y faire. Ils seront parfois bruyants, toujours malodorants mais je vous en prie, ne vous sentez absolument pas gêné, j'ai l'habitude. Et puis j'ai appris à respirer par la bouche. Bon, voilà qui est dit. Commençons !

Vous êtes né au Mans dans la Sarthe. Je n'ai pas trouvé grand-chose sur votre enfance. L'état-civil dit que vous aviez un frère et une sœur. J'ai bien vu une voiture immatriculée 72 sur le parking du cimetière mais, à part votre femme, aucun autre membre de votre famille n'a pris la parole au cours de la cérémonie, alors j'imagine que les liens familiaux étaient distendus. J'ai tellement vu d'enterrements où suintaient l'hypocrisie, la comédie humaine. Vous avez échappé à cette mascarade, c'est sans doute mieux comme ça. Bac mention passable, vous faites des études de technicien supérieur. Vous perdez, semble-t-il, un peu de temps en route puis vous montez à Paris où vous rencontrez dans la file d'attente d'un cinéma celle qui, jusqu'à votre décès, restera votre femme et la mère de vos deux filles. Vous avez toujours vécu à Clamart. D'abord dans un HLM dans le quartier de la Plaine puis dans un pavillon de la rue de la Vallée-du-Bois. Je connais, c'est une petite rue calme en sens unique, pas bien loin d'ici. En parlant de cérémonie, la vôtre a été sobre et rapide. Il n'y avait pas plus d'une dizaine de personnes. Les gens se sont recueillis dans un silence solennel et ont déposé des roses blanches sur votre cercueil. Votre femme a eu un peu de mal avec son discours et vos filles ont chanté en duo une chanson de Céline Dion, *Parler à mon père*. C'était vraiment touchant, même si je ne vous cache pas qu'on l'entend souvent ici. Pas autant que *Hallelujah* de Jeff Buckley mais presque.

Roméo, vous avez travaillé toute votre vie dans l'assainissement des eaux usées, commençant au bas de l'échelle et finissant avec le rang d'ingénieur, même si vous n'en aviez pas le titre. J'ai retrouvé un article du *Parisien*, où l'on vous voit en photo devant l'une de vos créations, un nouveau système de dégrilleur pour l'usine de Clichy où vous travailliez. Pierre, votre patron, a fait porter une couronne que je vois à mes pieds. Je vous lis le mot : « *Tous les membres de la "cocotte-minute"*, j'imagine que c'est le surnom de votre lieu de travail, *se joignent à moi pour vous faire part de leur immense tristesse. Repose en paix, Roméo.* » À côté, il y a une gerbe de roses rouges sans aucune inscription. Et juste derrière, un petit bouquet de pivoines multicolores avec une carte. Attendez, je l'ouvre. Pas de mot, juste un prénom. Marguerite, ça vous dit quelque chose ?

À la fin de la cérémonie, les gens se sont dispersés sur la *Gnossienne n° 1* de Satie. Avec Mozart et son *Requiem*, on ne peut pas faire plus sublime. Surtout en ces circonstances. Je ne sais pas vous, mais moi je suis un fan absolu de musique classique. Enfin de musique savante, comme il faut dire maintenant. Mozart, Chopin, Brahms, c'est mon tiercé dans l'ordre. Et Debussy en embuscade.

Roméo, vous avez succombé à un cancer qui s'est bien vite généralisé. Un mal qui vous a terrassé en quelques mois avec, semble-t-il, une agonie douloureuse. J'ai devant moi une photo de vous qui date de l'automne dernier. Vous portiez votre blouson en cuir que vous ne quittiez jamais et dans lequel vous avez été enterré. On voit que vous étiez déjà bien malade, les traits émaciés, le teint cireux. Mais ce qui frappe d'emblée sur cette photo, ce sont vos yeux. D'un bleu limpide dont la froideur n'arrive pas à masquer la tristesse. J'imagine qu'à l'époque de la prise de vue, vous connaissiez déjà l'issue. À moins que cette noirceur émane du drame qui a secoué votre famille mais de cela, nous reparlerons un peu plus tard.

Avec Judith, votre femme, vous avez eu deux filles. Laura et Anaïs, 16 et 14 ans. Toutes trois ne semblaient qu'un seul corps durant la cérémonie, s'agrippant les unes aux autres. Comme si la fusion était le seul antidote à la souffrance, la seule façon de ne pas s'écrouler. Roméo, j'ai vu beaucoup de gens pleurer leurs morts et je sais reconnaître une douleur véritable. Je ne sais pas si c'est une chance, ni d'un quelconque réconfort, mais sachez que vos femmes vous aiment d'un ineffable amour.

À l'endroit où vous êtes, certains pensent qu'on revoit sa vie en accéléré, d'autres parlent de lumière céleste. Moi, je pense plutôt que le voyage a déjà commencé. C'est ce que j'appelle *le passage*. La réalité s'y parerait des reflets de la vie dans un maelstrom d'émotions contradictoires. Je vois ça comme une sorte d'ascenseur géant aux parois transparentes qui vous aspire. En chemin, vous pénétrez vos profondeurs, et petit à petit, vous vous délestez de vous-même. Ça doit être terriblement angoissant et c'est pour ça que je suis là, à vos côtés.

Il y a dix ans, votre vie a basculé. En silence, dans le non-dit, comme l'a révélé tout à l'heure votre femme lors de sa prise de parole. Ce n'était pas très clair, je n'ai pas tout compris, interrompue qu'elle était par d'incessants sanglots. Vous auriez perdu à sa naissance, votre troisième enfant, une petite fille, atteinte d'une malformation que personne n'avait détectée. Est-ce ce jour que la tristesse s'est installée ? En tous cas, vous n'en avez plus jamais parlé et vous vous êtes mis à courir. Beaucoup. Longtemps. Qu'il pleuve ou bien qu'il vente. Battant des records. Vous avez traversé des difficultés au travail, au sein de votre couple mais, sans doute est-ce cela qui vous a fait tenir, vous n'avez jamais cessé de courir. J'imagine que c'était une manière de vous échapper. De voyager, d'oublier votre quotidien. Un quotidien relativement banal, si j'en crois vos rares posts Facebook. Un seul couple d'ami, un ciné ou un resto de temps en temps, l'été dans une location à Royan.

Vous savez, Roméo, sans jugement aucun, je pense qu'on a le droit de ne pas avoir aimé sa vie. L'insatisfaction est le propre des vivants, mais je ne suis pas sûr que cela soit celui des morts. Vous emmenez avec vous vos secrets, vos rêves, votre souffrance et vos regrets. Je me demande juste ce que vous allez en faire ? Qu'est-ce que cela devient ? Y a-t-il un endroit où tout cela est stocké ?

Votre rêve était de courir le marathon de New York mais vos opinions vous en empêchaient. Vous refusiez de prendre l'avion afin de ne pas abîmer la planète. Et puis vous vomissiez l'Amérique, ce pays à l'individualisme forcené, à l'hégémonie maladive, qui bafouait allègrement l'idéal humaniste de vos convictions. Mais l'automne dernier, alors que la maladie s'était installée sans espoir de rémission, que les traitements s'avéraient inopérants, vous êtes parti en famille à New York, dans ce qui s'annonçait comme votre dernier voyage. Bien sûr, vous n'y avez pas couru le marathon. À peine êtes-vous sorti pour visiter le MoMA et grimper tout en haut de l'Empire State Building. Affaibli, vous êtes surtout resté allongé dans ce grand lit immaculé de votre chambre d'hôtel. Je me souviens d'une magnifique photo de vous, récupéré sur l'Instagram d'Anaïs, je crois. C'était le jour du *Memorial tribute in light.*

Vous vous teniez difficilement devant la baie vitrée. Vous sembliez émerveillé par le spectacle sous vos pieds. La nuit était en train de tomber et d'immenses rayons de lumières sortaient de terre, et recréaient l'illusion des tours jumelles. Des milliers de petites étoiles venaient parsemer l'intérieur de votre chambre et éclairaient d'une douce aura votre visage sur lequel la tristesse semblait disparue.

Roméo, je me demande si vous m'entendez toujours et, si oui, ce qui vous traverse en ce moment. À quoi pensez-vous ? Êtes-vous en paix avec votre vie ? Auriez-vous fait autrement sans les obligations, les responsabilités ? Sans la tristesse ? Je ne sais pas si ce que j'ai raconté est la vérité, mais c'est la trace que vous avez laissée, et j'ai essayé d'être le plus honnête possible. En racontant votre vie, je me suis étonnement identifié, et je sais que c'est étrange, j'ai presque l'impression d'être devenu votre ami. Je perçois une connexion entre nous, comme une émotion circulaire. Cela faisait longtemps que je n'avais pas ressenti ça, et quelque chose quelque part me susurre que je vous ai été utile.

Là où vous allez, Roméo, il n'y a sans doute ni géographie ni temporalité.

D'ailleurs, il n'y a peut-être rien. C'est en tous cas un voyage sans retour dont nous, les vivants, ne pouvons que nous attrister et en redouter l'imminence. Mais pour vous, Roméo, qui êtes déjà mort, c'est peut-être une chance. De changer cette peur en une opportunité de découvrir, voire d'inventer. Il ne s'agit ni de foi ni de religion. Je ne crois en aucun Dieu, ni en la réincarnation. Mais vous avez déjà vécu la mort du côté des vivants. C'est sans doute la pire chose. Peut-être même, est-ce cela qui vous a rendu malade. Là, dans ce grand Aspirateur, vous êtes en train d'expérimenter la mort du côté des morts. Et vous avez une chance incroyable. Celle de bientôt pouvoir répondre à cette question :

Et maintenant ?

FIN

Composition et mise en pages
Nord Compo à Villeneuve-d'Ascq

Achevé d'imprimer en décembre 2021
sur les presses de la Nouvelle Imprimerie Laballery - 58500 Clamecy
Dépôt légal : janvier 2022 - N° d'impression : 112011

Imprimé en France

La Nouvelle Imprimerie Laballery est titulaire de la marque Imprim'Vert®

AENEIS

Die Karte zeigt, wie aus der kleinen etruskisch-latinischen Siedlung *Rom* die Hauptstadt fast der gesamten damals bekannten Welt wurde. Die Römer waren davon überzeugt,daß die Weltherrschaft Roms schon lange vor der Gründung der Stadt, schon bei der Zerstörung *Trojas*, von den Göttern vorherbestimmt war. *Aeneas*, der trojanische Held, der sich mit seinem Vater Anchises und seinem Sohn Iulus aus dem brennenden Troja hatte retten können und nach langen Irrfahrten nach Italien gelangt war, war für die Römer das Sinnbild dieser von den Göttern übertragenen Aufgabe. So wie er allen Schwierigkeiten zum Trotz seinen Weg nach Italien nahm, so war es die Aufgabe der Römer, ihre Herrschaft über alle Gebiete auszudehnen, die Aeneas auf seinem Weg berührt hatte.

Die Geschichte von Aeneas ist eine *Sage*, und daher kann man das eine oder andere hinzufügen oder weglassen und die Situationen seines Weges dem Zufall der Würfel überlassen, wenn nur sichergestellt ist, daß Aeneas sein Ziel erreicht. Nun probiert einmal aus, wem die Götter zur Seite stehen. Auch wer Pech hat, profitiert, denn er gewinnt so nebenbei einen Überblick über die RÖMISCHE GESCHICHTE.

ALEA IACTA EST –

Der Würfel ist gefallen.

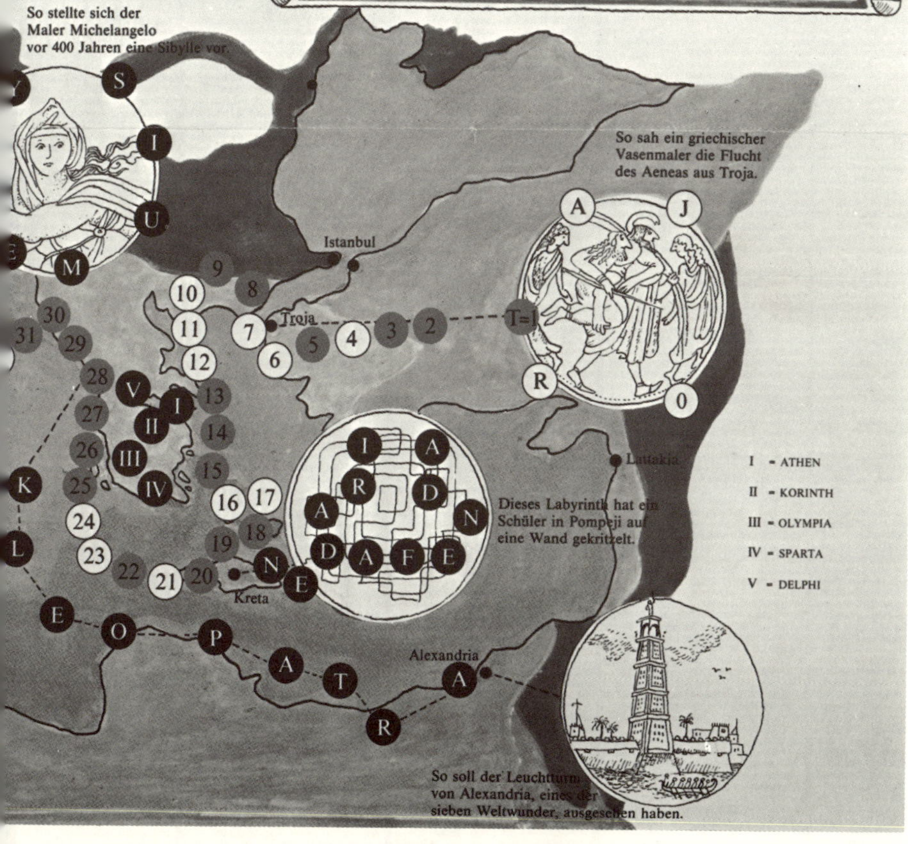